# Crvene magle

# Crvene magle

Dragiša Vasić

Globland Books

A u četvrtak jula dvadeset trećeg ultimatum ludački grunu u prestonicu, te sav onaj život u njoj uzrujan, neredovan i napet od atentata, zadobi iznenada neki neobično mučni i zlokobni izgled. Kao razbuđene ptice noću, uznemireni najedanput, ljudi napustiše kuće i pokuljaše napolje. A razne ljubopitljive gomilice i gomile, instinktivno zgužvane tamo-amo po ulicama, ispred kafana, ministarstava, dućana i oko važnih ličnosti, bez osobitog zaprepašćenja i bez neke napregnute odlučnosti kao i bez pravog straha, čudno su podsećale na lica kakvog uzbuđenog stanovništva što su posle snažnog ali nekatastrofalnog zemljotresa izletela na ulicu da se tamo u čudu i preneraženo pitaju: u čemu to može biti stvar što se desila i da očekuju šta će se, bože moj, dalje dogoditi. Pa isto onako kao što se, posle takvog potresa, ni pojma nema o onome što će da nastupi, a ipak se nešto pretresa, objašnjava i prorokuje o groznoj pojavi, tako se i ovde živo nešto komentarisalo, predviđalo, prepiralo i nagađalo o daljem razvoju užasno neprijatne stvari, i ako se baš ništa nije znalo o besu i smerovima onih slepih i nevidljivih sila, od kojih je onaj razvoj događaja dalje morao zavisiti. Pred Ministarstvom spoljnih poslova, na čija su vrata brzo i ozbiljno izlazili i ulazili ministri i važni ljudi, strčavajući niz i ustrčavajući uz stepenice, hvatajući ih sve po nekoliko odjedanput, hiljade fantastičnih vesti i svakojakih kombinacija, cirkulisalo je punom parom, pa je sve to primano za gotovo i letelo iz usta u usta, kao nasušna potreba prvog reda na kakvoj pijaci prepunoj i kupaca i prodavaca, kojima je stvarno i najozbiljnije stalo do razmene i gde predmeti nečuvenom brzinom prelaze iz ruke u ruku.

I tako sve one mučne unutrašnje zebnje i sve one mutne slutnje zataškavala je utučena gomila s takvim nezapamćenim brbljanjem ili ovo brbljanje slušala s takvom pažnjom (jer je sve ono trebalo upamtiti radi prepričavanja) da je neka naročita, blesava tupost sve više i više preovlađivala i postala njen jedini izraz.

— Ama jelte molim vas lepo, zar je baron Gizel zbilja s one strane?

— Kidnuo, kidnuo malopre, tako kažu.

— Kidnuo, pa kad pre?

— Pa lepo, a ko kaže da je kidnuo?

— Ovaj ovde gospodin video ga lično.

— Gde ga video i ko je taj, boga mu nije to mala stvar.

— Ko sam da sam. Eno vam pred zgradom Poslanstva njegovih stvari i diplomatske arhive, sve je uvezano, spakovano i natovareno; možete videti!... Poznajem ga lično i poznajem njegova kola, ovako je prošao pored mene. Baš glavom baron Gizel, gospodo boga mi, časti mi, smeška se, malko bled, gleda nervozno levo i desno.

— E dobro, kuda je prošao?

— Knez Miloševom.

— A žena je l' s njim?

— Nju ostavio, jedva mu se dala prilika...

— Užas, ljudi, propali smo konačno.

— Ama čekajte, gospodine, polako zaboga, nismo još propali.

— Kako čekajte? Kako nismo propali? Kako to govorite kao dete? Zar nam nije bilo dosta? Zar nije suviše bilo? Zar nismo umorni, baldisali, zar nismo satrveni? Zar se u bugarskom ratu nismo bosi borili? Recite, ajd' odgovorite mi. Zar oružje nije propalo od upotrebe? Zar topovske cevi nisu izolučene? Pitajte artiljerijske oficire. Zar nije bilo kolere? Zar imamo municije, sanitetskog materijala i novaca i morala i stoke i odela? Pojmite po bogu. Zar nije druga stvar boriti se s carevinom? Ama pobesneli smo mi, ja vam kažem. Trebalo je da se umiljavamo, a mi izazivamo i čikamo, posle dva rata. Umesto da smo je gladili i mazili, da smo joj laskali dok se odmorimo, dok se spremimo, dok se opet osposobimo a mi... pup vređaj i posle... Pa je l' to neka politika? Jel politika da vršlja ko hoće i kako hoće, mimo vlade? A sad je sve kasno i sad treba primiti sve, ispuniti sve, smesta treba popustiti.

— Šta kažete, popustiti? E pa, čoveče, vi ne znate šta govorite. Zar da se ponizimo do roba, do skota? Zar to hoćete? Vi ne poznajete ni uslove.

— Ama kakve uslove, gospodine? Ama šta pričate vi o uslovima kad je u pitanju život i opstanak države i sve.

— Kakav opstanak. Mislite vi Rusija bi dopustila...

Na uglu najvažnijeg Ministarstva odakle se čeka sudbonosna odluka, gde se deru prodavci vanrednih izdanja i gde svako tandrkanje fijakera izaziva šumnu nervozu i senzaciju, opkoljen gomilom zinulih poznanika, neki bivši ministar i poslanik iz opozicije, poverljivo i važno proriče najužasniji ishod stvari:

— Njihovi ulani, ta morali ste kadgod slušati o njihovim husarima, samo njihovi ulani za dvadeset i četiri sata, upamtite ovo što kažem, za dvadeset i četiri sata, mogu da pregaze do Valjeva, samo njihovi ulani, živi bili pa videli, čuveni su njihovi ulani. Jedna parada i kraj. Čudim se da već nisu počeli — pa ministar zabrinuto gleda tamo, u onom pravcu odakle se očekuje bombardovanje prestonice.

A oko kuvara iz ruskog poslanstva, pred niskom i crvenom, od cigalja, kafanom „Kod tri seljaka" okupila se jaka gomila i kuvar sa onom važnošću figure iz diplomatskog tela, tvrdi javno i ubedljivo da će ofanziva početi tačno u ponoć i jedan minut...

— O boga mu...

— Savski most tek što nije odleteo u vazduh.

— I još Putnika zadržali pa u đeneralštabu pogubili glave.

— A i vlada noćas kida u Niš.

— Ama kakva... ama jelte ko ste vi? Vi lažete! Vi unosite zabunu! Ko je ovaj tip?

— Ko ti zna ko je!

— Zar ga baš niko ovde ne poznaje?

— Niko.

— Jelte imate li vi dokaza ko ste?

— Ama ljudi, ama ja vam... ama ja sam čuo.

— Gospodo, to je špijun, mora biti špijun.

— Sigurno, sigurno špijun. Pa pun je Beograd špijuna.

— Špijun zaista?

— Zar već?

— Dole, dole, doleeee!

— Evo špijuna. Jeste li videli špijuna?

— Ljudi, pobogu, moj bakalin sa Grantovca.

I nasred Terazija snop raznih štapova: vitla se, krši, meša, lomi i šiba po zgurenim leđima i uvučenom vratu onog građanina, koji bi hteo da nešto zna i kome cure tanki mlazevi krvi iz razbarušene kose, a ne može nikako da dođe do reči niti da se brani i sve tako do Policije.

Oko Okružne komande, gde iza prozora užurbano promiču oficirske epolete, nalaze se česte, omanje grupe i ljudi nerado i obazrivo prilaze da se obaveste. I ako uvereni da ne vredi odazivati se, jer nema ni vremena da se sve izvede po uputu o mobilizaciji, oni su opet došli da čuju šta drugi misle: ima li kakvog god smisla prijaviti se i otići tamo na ona određena mesta.

— Koja vi, molim vas, komanda?

— Je l' koja sam komendija?

— Komanda, brate, komanda.

— Ostav'te me, čoveče božji, koja sam da sam.

— A vi?

— Ako važe stari rasporedi onda znam, ako ne važe...

— Ljudi, ništa se ne zna.

— Užas!

— Ja sam četvrti prekobrojni.

— A mesto mobilizacije?

— Torlak.

— Grozno. Magacini u gradu. Znate li to?

— Pa šta?

— Pa lepo, ako oni ščepaju magacine i ona mesta gde se mobiliše, šta će biti?

— Šta će biti? Pa kažite mi da vam kažem.

— Ama tu su konjica i treći poziv, posedaju granicu i osiguravaju mobilizaciju.

— Ja, mnogo vam sigurno osiguranje!

— A komite?

— Batali komite, oni su sve i napravili.

— Naravno komite i žandari.

U sobi kod „Balkana", gde je vrhovni štab četnika, vri i sva se važna naređenja pronose šapatom, na uvo, dok ispod teških, crnih šubara sa kokardom „samo sloga Srbina spasava" sevaju mutne i krvave, strašne oči do zuba naoružanih četnika.

Pa kroz sve one gomile žurno i naročito važno, zasuzila od nekog zadovoljstva što drži u rukama poslednju novost, gura se laktovima, očepljuje i probija, nervozna i promukla jedna mršava novinarska maska, pijanih očiju, pa mlatara rukama, utišava da bi se čula i ponavlja stoti put jedno isto.

— Gospodo, evo vam poslednje, najnovije, evo gospodo... Evo šta Pariz javlja samo pre deset minuta. Tekst je depeše, evo od reči do reči: *La situation*, kaže, *se trouve au point de s'arranger*, kaže. Čisto i jasno.

— Pa protolkujte to, brate vi rođeni, da svi razumemo šta mu je to čisto i jasno.

— Evo, sve će se, veli, urediti bez rata... slobodan prevod.

— Vraga će se urediti.

— Ama jeste li vi izabrali podrum, kažite vi meni?

— Kako, kakav, šta podrum?

— Podrum, podrum. Hihihi... Hihihi.

Pa se novinar žurno gubi iz gomile.

— Podrum nego šta, nije to smešno. Nećemo u šake hvatati one kufere s Bežanije.

A i žene se dale u rekognosciranje podruma: ispituju im fortifikacijsku moć i nude jedna drugoj gostoprimstvo:

— Dođite molim vas; molim vas dođite. Biće nam mnogo lakše kad smo zajedno, skinućemo i dušeke dole.

— Hvala vam; i naš je tvrd, od betona je.

Ona grupa oko mršave maske, koju je privukla najnovija novinarska senzacija, bila je najveća. I eto baš tu, kod te šarene i mnogobrojne gomile, zastao je, ljutitog i ogorčenog izgleda, ali bez trunke one radoznalosti, koja je raspinjala sav onaj ostali svet što se gušio u nekoj mutnoj duševnoj uzbuni, mrzovoljan, bled, sa crnom bradom i čudnim očima, student prava Aleksije Jurišić. Njega je vest o ultimatumu, dole u njegovom đačkom stanu na Dunavu, prekinula baš u onom trenutku, kad je završavao svoje toplo i lepo pismo verenici, šaljući joj na hiljade poljubaca, posle čega je mislio da revnosno produži čitanje za poslednje, odavno, upravo godinama odlagane diplomske ispite. Ta kobna i sudbonosna vest koja je ovo poslepodne kao grom, sa uzbunjene ulice, upala kroz njegov otvoren prozor, najpre ga je porazila, pa je kao neko što je očevidac dok se na njegove oči ruši kuća sazidana do samoga krova, najednom obamro u nekoj strašnoj, ukočenoj i malaksaloj uzetosti, dok se postepeno nije povratio da oseti jednu jedinu strast: jednu mutnu i krvavu mržnju na sve i protiv svega oko sebe. Jer ovaj Aleksije Jurišić, koji je punih dvadeset i šest godina živeo bez ikakvog plana, imao ga je jasno ovoga leta i prvi put u svom životu. Taj plan bio je prost i izvodljiv:

svršiti s ispitima i oženiti se. I u tome nije ni bilo kakvih god teškoća: pregrmeo je bio svoje najteže ispite i veridba je nedavno bila obavljena. A sad je bilo sve na putu da propadne. I onaj život bez plana, mučan, rizičan i vrtoglav, koji tek što se stao zaboravljati, ponovo je pretio da otpočne. Završujući ono svoje pismo sa fatalnom vešću koja je maločas uzbunila svu prestonicu, Jurišić je ustao sa stola pa je nekako mehanički otvorio orman u kome se nalazila njegova oficirska sprema iz prošlih ratova. On je hteo i da se uveri, je li tu sve u svome redu a osim toga i sebe samog ubedi: kako je svako nadanje i zavaravanje besmisleno, jer taj kobni ultimatum drugo ništa i ne može značiti u ovaj mah nego rat. Pa se posle spremio i otišao na ulicu, ali ne da se tamo što raspita ili sazna, nego prosto da vidi: ima li u atmosferi toga Beograda čega god što on ne očekuje i što ne odgovara njegovim čudnim predosećanjima. Zastajući na onom mestu on se zamišljeno zagledao u onu gomilu što se vidno hrabrila poslednjom pariskom vešću i njome oživljena, u jednom drskom nastupu, stala podizati glavu, pa oseti kako ga ta gomila sve više i čudno draži i kako ga spopade jedna sasvim luda želja: da kao lud skoči i popne se na jedan od onih sanduka onde, ispred nekog dućana, pa da svu onu svetinu rasturi prosto sa nekoliko reči. Njemu se činilo da bi se sva ta jadna gomila odjednom razišla kad bi joj on prosto kazao ovo: čuj ti dugouha gomilo, ej vi građani čujte! Idite kućama i spremite se, rata mora biti! Samo se njemu činilo da on to ne bi kazao onako obično, nego bi nekako grozno zaurlao snagom one vere koju je osetio čim je vest o ultimatumu saznao posle podne na završetku onog pisma, te bi gomila tim njegovim rečima smesta morala poverovati i otići kući da se sprema. Ali baš u tom trenutku neko spusti ruku na njegovo rame.

Jurišić se naglo okrenuo i kad je ugledao ženu, uz visokog čoveka vojničkog držanja koji ga je oslovio, on se jako zbuni i lako porumeni. Njegove se čudne i nemirne oči plašljivo zadržaše na visokoj ženi finoga stava i retke lepote koja se, mazno pripijena uz njegovog starog druga, vragolasto smešila svojim zelenkasto-plavim očima dok se on predstavljao. Iz tih očiju bila je neka čudna svežina i gledajući u njih Jurišić je najednom imao osećanje nekog svežeg prostora sa divnim jezerom usred šume.

— Dakle, druže?

— Da, kad se mora onda drage volje!

— Dragi Jurišiću, tebi je lako, sam si.

— Nikom nije lako pa ni meni — odgovori Jurišić.

— Ipak, ipak, zamisli ovo: dvadeset i tri dana od kad smo se venčali.

— Verujem potpuno.

— Ali moj muž neće ići, ja mu ne dam.

Pa se ona žena još jače i strasnije privi uz snažnu mišicu čoveka i po onom pokretnom utisku na njenom licu, što je u jednom trenutku kadar da je izrazi svu, Jurišić najedanput oseti da je ona, sva od strašne neke zmijurine, u stanju da izvrši sve što naumi i da uzbuni um do svih sramota.

— Moj muž se dosta odužio; neka ide ko se nije odužio, to bi bilo pravo.

— Odužuju se jedni isti, i jedni isti se ne odužuju — odgovori joj Jurišić.

— Videćemo.

I nešto kao neki skriven, mračan greh, sinu u njenim očima. A za sve vreme razgovora ona je sa onom drhtavom i strasnom nežnošću koja muti um, stezala mišicu svoga muža i prkosno tvrdila da će biti samo ono i onako kako ona bude htela.

Kad se Jurišić rastao od njih uputi se pravo Ministarstvu spoljnih poslova. Tamo pred Ministarstvom gomila je rasla sve više, i kad se Jurišić približio onoj zgradi nastalo je neko komešanje i živa i velika uzrujanost. Sa svih strana ljudi su ispružali vratove i pitali poverljivo:

— Šta je? Šta ima? Šta kaže?

Pa se ubrzo sve saznalo.

Zastupnik predsednika vlade izašao je iz sobe Ministarskog saveta i rekao prosto: „Zovite brzo ministra vojnog".

— E pa gotovo je!

— Finita la comedia!

— Dakle mobilizacija, rat!

— Nek' je sa srećom!

Ali kako u tom momentu naiđoše odnekud ona teška gvozdena kola za polivanje, vučena ogromnim meklenburškim konjima, koji su tromo i glomazno gazili sredinom ulice, ono zaglušujuće tandrkanje po neravnoj i šiljatoj kaldrmi izmešano sa uzbudljivim, glasnim žagorom i uzvicima što su dolazili sa svih strana, stade neizdržljivo mučiti Jurišića, te se on naglo okrete i uputi svome stanu na Dunavu.

A malo posle, sa naslonjenim podbratkom na ruku i nalakćen na prozoru, gledao je on preko mirne reke tamo u zeleno-sivi horizont banatske ravnice. Potpuno nesposoban za pažljivost i strašno rastrojen, on je osećao da nikad ne bi mogao uspostaviti kakav bilo red od onih bezbrojnih i mutnih misli što su ovo poslepodne u najživljem vrenju uznemirene mašte kuljale jedna za drugom pa se tako upućivale same nekim neznanim putevima. On se samo naprezao da odagna od sebe sve one neprijatne uspomene iz prošlih ratova, što su neprestano odnekud navirale, pa je hteo da misli o tome: ima li ama kakve god mogućnosti da sve ovo prođe bez opasnih posledica i šta će biti najzad od tog nesrećnog i neočekivanog ultimatuma. Onda mu se činilo da već lepo čuje mitraljeze kako „štepuju" i kako sebe opet vidi pored topova, među nekim jarugama, kao nekad mokrog i jadnog, usred groznog haosa od mračnog stenja, trnja, blata i magle. I ta ga magla stade gušiti, piti mu dušu, što je samo pre nekoliko časova, još to prepodne, trebala da bude gonjena jednoj radosti kakvu ranije nikad nije poznala.

Primicao se dan retke sreće i on, iskidan prošlim nevoljama, potpuno sam i povučen posle svih patnji, sa potrebom one žive uzbudljive radosti očekivao ga je kao dan početka svoje duševne ravnoteže i svetlosti života, dan umirenja i obnovljenja. A sad šta? „Sve dokle dopire vidik moga razuma", mislio je Jurišić, „ja ništa jasno ne mogu da vidim i ništa od svega ne razumem. Ja ne znam šta se sve ovo radi i ne mogu nikad ni znati i samo je jedno sigurno, da sam ja sav čovek od patnje. Da mogu nekako da zatvorim razum ovako kao oči i savladam ovu mahnitu svoju osetljivost koja mi razdire dušu, pa neka dođe sve što mora doći i što već mora biti. Dva rata i jedna pobuna, i tek što danusmo dušom, evo ni rane mi nisu još suve, a, vraga, šta se ponovo sprema. I onaj blesavi svet tiska se tamo oko Ministarstva, čeka neku vajnu odluku od one kuće, kao da mu ona može nešto pomoći. I svi tvrde da sve one konce diplomatske drži u svojim rukama ministar predsednik, koji sad nije tu, i da niko živi ne zna njegovu politiku. Sad se ovi mediokriteti nešto znoje i petljaju bez njega, a vreme prolazi i opet niko neće znati šta će sve iz ovoga da proizađe. Samo ja osećam jedno: da do novog rata mora doći. Jest, mora, mora doći, do novog rata. A zašto mora doći ja ne znam i da me čovek ubije ne mogu jasno da pojmim, i ne pojmim jasno da li je bolje da do njega dođe ili nije bolje. Jer i ove silne strasti današnjice, sve ove sitne brige obnovljenog takozvanog normalnog života, ponovo počinju da grickaju i dosađuju i ovaj život u miru gnjil je nekako i ljigav. Život taj samo je jedno sanjarsko lenstvovanje, nedostojno čoveka koji mora da voli onaj drugi, pun tragičnih, velikih strasti, jedan bujan i buran, pobednički život. Ja ne znam i nikad ništa ne mogu znati. Ali osećam neku mutnu, bolnu i zbrkanu napetost u svima silama oko sebe i u sebi. I tu napetost ja ne umem da izrazim, a osećam je i u vazduhu i u stvarima, koje kao da su sve od mesa i mišića i soka i elana. Iskreno da kažem: ja nisam verovao ni u onu ličnu radost što me čekala, jer se moj grozničavi nemir misli nikad u meni nije potpuno stišao i oni tamni, zamršeni osećaji i ona razdražljiva, bolesna osećajnost nikad nisu prestajali da me muče. Čak sam se bojao one radosti i sa zebnjom je očekivao. Jest našto se varati? U celoj prirodi osećam nešto potmulo, nabujalo, nadošlo i sočno što uliva neki grozan nemir i sav vazduh kao da je pun krvi i pene.

„Jest, časti mi moje sasvim nesigurne, mora biti rata i sve treba pustiti da ide kako ide. I onaj Hristić što se oženio pre dvadeset i tri dana mora ostaviti ženu, ono divno vitko i vatreno stvorenje, i sa mnom zajedno u bateriji ponovo puniti one topove. I sve će ići po starom.

„A niko nas ni o čemu neće pitati, kao što nas ni do sad nije pitao. Samo neka sve dođe brzo, što pre, jer života više nema to je jasno, a i ovaj mozgovni, sedeći život postao je već neizdržljiva tiranija. Dakle, napred u neizvesno, u kome je samo smrt izvesna! Evo osećam lepo, kako me miluje crno krilo gavranovo.”

***

Dva dana iza toga, predveče dvadeset petoga jula, Jurišić je žurno dojurio kući. Čim je banuo u sobu, on skide i skoro veselo baci iza vrata svoj meki, pun znojave masti šešir širokog oboda. Onda, sa skrštenim rukama i zamišljen pređe nekoliko puta sobu, s jednoga kraja na drugi. Pod njegovim teškim koracima škripao je i ugibao se istrulio patos. U neizvetrenoj sobi starinski, izanđali nameštaj širio je buđ na sve strane. Jurišić zastade pa preleti očima niz uramljenih posmrtnih plakata u crnim okvirima na potamnelom zidu, onda priđe ormanu pa stade vaditi jedno po jedno parče svoje sure oficirske uniforme. U onoj tesnoj, neizvetrenoj sobi on se osećao mučno, ali čim pomisli da sad ide u širok, čist prostor razgali se najednom. Brzo je oblačio uniformu. A kad u visokim čizmama, uskim čakširama, bluzi sa crnim okovratnikom i sa visokom, tvrdom šapkom na glavi priđe ogledalu, on, ugledavši se, instinktivno podiže ruku do štitića, pozdravi samog sebe pa se nasmeši. Najedanput neko čudno osećanje strogosti kao prostruja kroz samu njegovu krv i on lepo opazi kako se jedan oštar nabor prikupi i steže između njegovih obrva.

Jurišić pokuša da se opet nasmeje ali njegovo lice sa zgrčenim, oštrim i kao munja izlomnjenim nosem, osta vojnički ozbiljno. On prekrsti ruke i čvrstim korakom pođe po sobi. I ponovo i još dublje pod njegovim nogama ugibao se onaj istrulio patos. On pažljivo oslušnu kako za njim zveckaju zvrčkovi niklenih mamuza pa ga obuze neko snažno osećanje pouzdanja i čudno neko zadovoljstvo slično onom kad se čovek nalazi na velikoj visini i kad vlada nekom velikom snagom. Jurišić opet zastade i u trenutku obujmi ga neka neobična, zverska snaga, pa instinktivno ispruži ruku, steže svoju koščatu pesnicu i oseti kako ta pesnica nosi u sebi neku veliku i čudnu moć.

„Kako je to sve i čudno i smešno sa tom čovečijom dušom", pomisli Jurišić. „Do maločas ponizna, ponižena i jadna evo je kako se nakostrešila, gorda, prkosna, neustrašiva. Nesposobna je ona za svakidašnju, sistematsku borbu, eto u tome je stvar, ali spremna je uvek i gotova za trenutnu žrtvu. Jest, cela je to celcata istina i sav je ovaj naš čovek ovde dole u tome. Hiljadu puta lakše je njemu poginuti nego regulisati jednu običnu, malu menicu od nekoliko stotina dinara. Jer zametno je to i suviše regulisati menice i pamtiti njihove rokove; zametno je to kupovati blankete, popunjavati ih, onda podnositi žirantima, naći otplatu, ići u zavod i moliti tamo one trbušate ćifte da se prolongira. Sve je to strašno zametno, a ovako... cak, u čelo ili srce, i sve je u redu i regulisano.

„Zaista sve je to čudno i smešno. Do juče samo vukao sam se ja kukavno sve sporednim ulicama, begao od krojača, krio se od obućara, obilazio duvandžiju, a još danas klanjaće se oni meni svi kad kraj njih budem prolazio, ti mali sitni i ništavni ljudi, koji se tako boje rata i koji još sutra mogu postati moji ponizni ordonansi i posilni, moje ponizne sluge. I taj rat, mora se priznati, ima svoje dobre strane. Eto, od ovog časa već kaplje, polako ali sigurno, moja kapetanska plata. Pa šta ja tražim?"

Tako je mislio Jurišić dok je nervozno i bez reda bacao stvari u onaj svoj propisni vojnički sanduk, a kad je i sa ovim bio gotov on opasa sablju i revolver i tada ponovo oseti kako ono njegovo samopouzdanje poraste još više. Onda uze sa stola sliku svoje majke i poljubi je nežno, pa to isto učini i sa onom slikom verenice, a zatim obe spusti u sanduk. Još jednom, poslednji put, baci pogled po sobi, na svoje građanske rite, na knjige, na fotografije, na plakate i na tabake. U predsoblju pozdravi se sa svojom starom gazdaricom i njenim malim unukom, gimnazistom pa izađe napolje praćen nosačem i radoznalim pogledima suseda načičkanih na kapijama.

Bled, i ako nešto bolje uravnotežen, sa izrazom nekog sumornog ponosa Jurišić je žurio ka stanici. Nezapamćena živost vladala je ulicama prestonice. Dućani su bili prepuni kupaca ratnih potreba. Još nikako neuznemirena varoš je dolazila k sebi. Jurišić baci pogled tamo preko dveju reka i neko setno i nežno osećanje obuze ga kad ugleda visoke zvonike što su se oštro ocrtavali na zlatno-svetlom nebu prema Fruškoj gori. Ali mu se, u isto vreme, učini: da se tamo, s one strane, sve bilo skupilo u neku strašnu nevidljivu i preteću zver. „Eto tamo", pomisli on, „isto kao i ovde, baš isto kao i ovde, okupljaju se ljudi sa ovakom istom uzbunom u duši; tamo oko tih zvonika ima srca što kucaju opijena istom ovom bolnom borbom svetlosti i mraka. Sve će dobro biti. I pravo je rekao neko: da je u ratu najbolji saveznik stanovništvo one države s kojom se ratuje. Dabogme, ti popovi tamo, u svili i kadifi, što tajno i kad se napiju nazdravljaju patriotske zdravice, oni seljaci u čistom belom rublju, što plivaju u blagostanju i što u zemlji kriju čaše sa slikama kraljevih sinova da ih iznesu u svoje vreme, baš su divne duše. Eto ide vreme da javno napijaju zdravice i javno iznose slike kraljevih sinova.”

A suton je lagano obavijao Beograd i mir plave noći spuštao se na Bežanijsku kosu kad je Jurišić stigao na železničku stanicu. Tamo dole, u tesnim i bednim prostorijama najosetljivijeg u tom trenutku nerva u delikatnom mehanizmu mobilizacije, jedan pust jarosan haos besneo je orkanskim besom. Taj grozni metež, nečuvene, odlučne i najveće strasti, taj najpakleniji pakao koji je ikad jedna stanica doživela da vidi, taj užasni, zverski elan, sav u jezivoj strasti: dočepati se što pre komande, ispuniti dužnost; sve to nezapamćenom snagom provale i u jednom jedinom značenju: potražiti smrt zato što se želi i hoće da živi, odavalo je sliku anarhije kojoj nije bilo ravne. I sav taj lom i urnebes i užas, pun ognja i krvave strasti, pa ono zaglušujuće, svojstveno gamensko zviždanje prstima, ona divlja dreka, gaženje, gušanje, gužva, trk ka vagonima, otimanje o mesta na krovovima i stepenicama vagona, pa poljupci, pesma, šamari, prašina, psovka i zagrljaji, ono trzanje srca i uzdisanje, sva ta nesavladljiva i tajna snaga pobesnelih temperamenata slila se bila u jedan pun groznice i neke mutne jeze zvuk i zadah smrti.

— Živeli ovi u žaketima i gerocima!

— U Pešti, u Pešti, do viđenja u Pešti!

— Dole! Dole! Doleeeee!

— Ženo, ej, ženo; čuvaj mi obe radnje!

— Pošlji fotografiju dece!

— Do viđenja na onom svetu!

— Stoko!

— Drž' polucilinder!

— Prvog mi rok menice!

— Pazi, na radnju, pazi na radnju! Zbogom!

— Ura! Ura! Uraaa!

— Pfiu, pfiu, pfiuuuu...

Onda se ova rika, kao neka grmljavina, neizmerno užasnije prolomi kad voz hukćući naiđe pored savskog mosta. I baš tu, prema mostu, Jurišić, izgažen, izgužvan, izmrcvaren uspe da se izmigolji i dođe do otvorenog prozora. Jednim širokim i žudnim pogledom on brzo obuhvati Beograd i sve podneblje. Saborna crkva, kao neki prav starac, uzdizala se mračna i dostojanstvena. Celo je nebo bilo uzbuđeno. A u svem ovom podneblju videla se i osećala jedna čudna, nepojmljiva snaga koja se budi, prikuplja, podrhtava i grči, zverska i kao nemoguća neka snaga što se trenutno duboko i lažljivo bila pritajila i podala uticaju one užasne sumnje da je možda nejaka i slaba, pred snažnom pretnjom onog naduvenog džina koga nije poznavala i čiju moć nije mogla odmeriti. I on je osećao: kako ludilo ljudske prirode sve više podleže onim mračnim i tajanstvenim silama, kako svom onom neuporedljivo snažnom i drhtavom strašću raste, širi se, izbija u punom besu ove neobične, ove lude zvezdane noći kad je pena i krv uzbunjivala oslepljenu maštu do pomračenja svesti i kad je atmosfera, čudna, puna neke panterske nakostrešenosti, nekog strašnog treska i lešinskog zadaha koji se predosećao, rasprostirala onaj razoran bes živaca i drhtavicu najstrašnije groznice kad neizbežno nastupa slom svega, ona provala u koju se stropoštavaju sve stvari sveta. Zver što je režala, izmičući iz onih šaka, kostrešila se i urlala krvožedno.

II

Kad je prestao dvoboj baterija, Hristić, uklješten i raskrečen usred nekog oštrog kamenja, osta još neko vreme na osmatračnici. Jedan dražesni odmor što je nastao posle neizdržljivo zamorne napetosti za sve vreme one strahovite lomnjave eksploziva, zadrža ga na mestu odakle je skoro celo poslepodne nervozno upravljao žestokom vatrom topova. Sunce se crvenilo iznad šume i sva priroda, kao pod vladom nekog dubokog i uzbuđenog osećanja, zaćutala je zamišljeno. Nad suncem, na plavom nebu, jedan dugi olovni oblak, kao ogromno horizontalno položeno stablo, zaklanjao je jednim svojim krajem polovinu zlatnog zalazećeg kotura i taj oblak, mutan i čudno hladan, mešao se naglo i gubio u onom žarkom crvenilu požara što je buktao kao da je zbilja pun plamenog i krvavog žara. Sav zanesen nekim novim, čarnim snom i utonuo u ovaj nagli prelaz iz jezivo ledenog u žar, Hristić je, opijen nekom mističnom milinom u čudnoj organskoj uspomeni utisaka što mu prođoše kroz sve žile, najednom stao osećati nešto kao besan i neizdržljiv nasrtaj požude. Njegov pogled zamagljen maločas napetošću i nasilnošću rizičnoga rada, izgubljen sad u onom crveno-zlatnom ognju, najedanput jasno vide samo vijugave, zmijolike linije žene sa kojom je toliko puta posmatrao slične sunčeve zalaske i koju je voleo svom dušom i svim nasiljem svoje krvi i mesa. I tako zanet onim sladostrasnim opojnim osećajem on je sanjario kako grli, miluje i zavodi ono lepo i toplo telo što se s nekim bolom podaje, pa se ipak smeši i tako smešeći gubi postepeno svest.

Greben je već bio obavijen hladno mračnim ogrtačem kad se Hristić trgao, naglo napustio osmatračnicu i uputio svome šatoru. Pod uticajem onog neopisano sladostrasnog osećanja on je hitao da se što pre sastane s Jurišićem, pa da, bilo kakvim povodom, otpočne s njim razgovor o ženi na koju je morao misliti, koju je morao uznositi i o kojoj morao je govoriti bilo s kim. A strah koji je toga dana, za sve vreme onog divljačkog dvoboja pobesnelih baterija, pretrpeo na osmatračnici, bio mu je povod da i ovog puta, kao što je poslednjih dana redovno činio, sruči i ospe najstrašniju osudu onih što su krivi za sve užase najstrašnijeg, valjda, rata što ga je svet doživeo.

Tamo pred svojim šatorom, ispružen na travi, ležao je Jurišić i gledao u nebo. Na njegovom belom i bolesnom licu drhtale su setno paučine briga. Nešto se događalo u njemu. Ali on osta nepomičan i ako je osetio Hristića. I tek docnije:

— Šta je? — upita on natmureno i bez volje za razgovor.

— Posmatrao sam zalazak sunčev. Bilo je divno. A ti? Sve sanjariš o najčudnijim stvarima ovoga sveta.

— O ja sanjam, imaš pravo. I mislim na tebe, u isto vreme. Mislim da li si ti to zaista.

I najedanput njegov tužno-milostivi pogled posta čvrst i odlučan.

— Šta bi hteo da kažeš?

Jurišić se okrete, sede na travu i zagleda se u Hristića, čiji dogled okačen o prst pade dole.

— Reci mi istinu jasno i bez okolišanja: jesi li zaista tražio popunjujući deo, jesi li molio za pozadinu, pokorno molio za pozadinu?

— Istina je, jesam.

— Ne stidiš se?

— Ne.

— Je l' ti poznato da se baterija poslednjih dana otvoreno podsmeva tvome kukavičluku?

— Može biti?

— Pa?

Hristić se trže i pođe da ga uhvati za ruku, ali ga Jurišić odgurnu.

— Zar ti Hristiću? Pa ti si primer bio, bolan. Jesi li ti to zaista tu što stojiš preda mnom? Ja ne verujem.

— Onda je drugo bilo.

— Onda je drugo bilo? Zašto? Ali, čekaj znam zašto.

— Mene je stid od tebe, Jurišiću.

— Pa dobro imam i ja verenicu... Poslušaj me, eto povuci onu molbu, povuci je smesta.

— Ti imaš verenicu... ali to nije jedno isto. Nisi ti još bio u mojoj koži... Ja ne znam, pravo da ti kažem. Ja se upinjem, naprežem, trudim... i eto danas, sve sam činio... Ali neka svaki da koliko ja... Svi se izvlače. Zašto ja i ti večito... sve samo mi, jedni isti.

— Ja ti rekoh što sam imao, to je sve.

I Jurišić namršten i ljut uđe u svoj šator.

A u bateriji, koja se odmarala, vladao je onaj mir smrti i

samo se čuli oni fini šumovi noći. „Neba mi moga", mislio je Jurišić koji nije mogao spavati, „sav mu je izgled čoveka koji je stalno u snu čulnog života; i tu, čini mi se, ne vredi nikakav napor ni pokušaj vladanja nad sobom. Tu prosto nema leka ni pomoći i to je više nego očevidno. Pa kad je tako i kad mu leka nema onda ne pomaže podsećati na častoljublje i druge tričarije i šta se ja tu uopšte mešam, da me čovek pita. Utoliko pre, što sam ja i suviše mali da ulazim u sve one nedokučne i nerazrešljive zaplete jedne duševne ličnosti koja ima svoj posebni stroj strasti... A možda je opet sve to prosto i pojmljivo. Ovaj čovek tu, u drugom šatoru, voli svoju ženu. Lepo. Voleti znači: imati za cilj sreću onoga koji se voli, tuđu sreću. A njoj sreće nema bez njega i čovek se čuva za nju i radi nje. I kako se ranije žrtvovao i odužio to mu je, mora biti, i savest potpuno mirna... A opet s druge strane, šta on ima da se čuva? Ja sam taj koji bi trebao da se čuva. Jer ja nisam imao ni onih dvadeset i tri dana njegovog uživanja. A dvadeset i tri dana to je ponekad večnost; i da sam ja imao toliko uživanja sam bih večeras svečano tražio da mi odrede najopasnije mesto pa ma izgubio glavu. Eto recimo, spavam ja i probudim se i vidim da sam dvadeset i tri dana bio oženjen. E pa, da li bi onda ono uradio? Dakle, evo u čemu je stvar: ja to ne znam baš sigurno. Ali znam ovo: da sam u svom životu često sretao mnoge ljude čija me je bistra i sveža razboritost, jedna divna jasnoća inteligencije prosto zgranjavala; ljude koji su uvek znali šta hoće i kod kojih me je naročito čudio onaj uvek fini, tanak i dosledan red misli, ma o čemu pokrenuo da s njima govorim. A kod mene, evo, sve je nešto zbunjeno, ispremetano i zamršeno i sva je moja inteligencija nekako grozno unakažena. Međutim, više nego svaki drugi ja osećam potrebu jasnoće i to je jedan od mojih nepostižnih ideala. Ja bolujem od nepodnošljive neodređenosti; dvoumica to je moja teška, fatalna boljka. Jest to pouzdano znam, a drugo: da će ovaj rat pojesti moje nerve do kraja i da se on nikada svršiti neće. I sve ono vreme između prošle demobilizacije i nove mobilizacije, to je privremeno, a ovo je stalno. Jest, krv to je stalno, a privremeno je verenica i samo je ovo stvarno, a ono je tamo neki imaginarni svet. Ne sećam se ja ni mobilizacije, ni objave rata, niti znam šta sigurno o uzrocima njegovim, sem onih neodređenih fraza i opštih mesta što ih veliko i malo svakog časa brblja i ponavlja. Ne znam šta bi ovo najedanput, tek vidim, evo, kako opet sedim tu na topu (samo sad prema drugoj uniformi) kao da se s njega nikad ni skidao nisam; i punim, palim, gađam i gušim se u dimu, dajem nišanske tačke i odstojanja, gledam ponovo nosila, krv i rane, slušam visoke komandante što se ljute i psuju na telefonu sa velikih daljina, spavam svaku noć obučen i obuven, pišem izjašnjenja, derem se kao lud i muvam tamo-amo između garavih, bradatih ljudi ovuda po jarugama i krševima, stežem srce da ne prepukne od eksplozije, a osećam da nikom ni za šta nisam kriv i ne krivim nikoga. Boga mi miloga baš nikoga ne krivim; a moja kuća uvek ledina i šator, čas Pasuljište, čas Golo brdo, čas Parcanski visovi, čas Vrače brdo i šta ti ja znam, i ništa od svega ne razumem jasno, nego vidim da bolujem uvek jednu istu bolest nesretne, večite i kobne nejasnosti... Što se tiče Hristića možda on ima prava da bude kukavica, samo je i to vrlo bedno i nisko. Ima tu vazdan stvari za i protiv i suma sumarum ostaje ono da nijedno tvrđenje nije sigurnije ni istinitije od protivnog. A oni ljudi, čiju jasnoću duha ja obožavam možda to i ne zaslužuju, jer kockasti duh i to nije ništa. Neka, dakle, Hristić radi kako zna, njegova je stvar i on ima svoju loptu na trupini. A ja ću gledati svoju brigu i koliko sutra pisaću verenici da joj priznam pogrešku što se nismo venčali pre mojih ispita; i ako bi, ko zna, i to, možda, bila velika moja pogreška...”

A tamo u drugom šatoru očajno i ludo kidao se Hristić. Ranije, u prošlim ratovima, on nije poznavao ove borbe, pa nije čak ni slutio mogućnost takvog jednog mučenja. Snažan, u rascvatu svoga zdravlja, jak srcem, seljački sin i učitelj, gonjen čak jednim naslednim ubojištvom, čija ga je bujnost ponekad bunila te krivio sebe što ne može da se obuzda, on je sa onom bujnom fizičkom odvažnošću i sa dušom uzdignutom i mirnom sve dotle prolazio pravo i časno kroz život. Posle se oženio jer je verovao u, posle svih muka, popuno zaslužen ugodan, miran i radostan život. I sve je otpočelo slatko i divno. A sad šta? Baš onda, kad je nov život, u jednoj miloj, idealnoj vernosti dva bića, započeo da teče široko i odmereno kao najlepša reka, kad se pupoljak sreće stao rascvetavati, dolazi ovo, ovaj nov, neočekivani rat, čiji se kraj i rasplet ne može sagledati i koji ga sa one visine idealnog i mirisnog neba, ponovo baca u krv, u rane, u smrad i pakao, možda u smrt. Pa šta? Je li čovek dužan da se baš sad odrekne one slatke, one krasne sreće? Je li baš dužan? Gde je ta granica kad čovek može, kad ima potpuno pravo da kaže: e pa, brate, molim te, dao sam koliko sam god mogao, dao sam koliko sam dugovao, sad me ostavi da živim. Ali ah! Tamo s druge strane, kao avet neka, stoji ona dužnost i stoji ona čast i opominje; i to je nešto strašno važno, krupno i značajno, ta čast, i uvek ranije stajalo je to ispred života. Ranije bila je vera i ta vera činila ga je mirnim pa je za nju radosno išao u smrt i branio je svom snagom. Ali sad je došlo pravo na život, ono pravo na opstanak, posle toliko ispunjenih dužnosti i sad... onaj Jurišić ništa od toga neće da razume nego smesta osuđuje i to na jedan brutalan, njemu svojstven, uočljiv način koji vređa. I to Jurišić koji se i sam izmenio i ni izdaleka nije ono što je nekad bio, izazivač, ubojica, sav od borbe i neustrašivosti Jurišić, što je u šestoj gimnaziji prekinuo s kućom kad je doznao da mu je otac ranije bio oženjen Švabicom pa u inat ocu obukao seljačko odelo i kao student nosio opanak sve do prvog rata u kome je bio junak nad junacima. A sad se i on često buni, protestuje, svađa s komandirom i priznaje da i u njemu ono staro oduševljenje malaksava. A sve bi to trebalo reći tome Jurišiću kad bi on bio kao drugi ljudi i kad bi se čovek njemu mogao poveriti. Razumeo bi on tada, morao bi razumeti šta znači to ostaviti ženu, stvorenje od devetnaest godina, naivno, detinjasto, bujno, žedno i žudno života i ljubavi. Ali on neće ni da čuje, jer je takav, nepristupačan i nepoverljiv i to ne zato što ima nekakvog iskustva, nego onako instinktivno i što je čudan čovek, koji se, kad od nekoga pali cigaretu, okreće levo i desno i zvera na sve strane, kao da mu neko stoji s nožem za leđima, a da ga čovek pita zašto to čini ni sam ne bi znao odgovoriti... A ja imam prava na opstanak i baterija koja me ne razume, i čast moja i dužnosti ispunjene sve to neka ide...

Ali brze, smetene misli navreše jedna za drugom i sve se zbrka očajno u glavi Hristićevoj: i one dužnosti i brige i onaj strah, pa se usred onog mučnog haosa pojavi jedna jedina slika, dražesna figura njegove žene i drage i slatke uspomene kratkotrajnog uživanja sa njom. I neizdržljivo mučen baš onim pojavama, on se brzo podiže, upali sveću i uze jedan zavežljaj njezinih pisama, marljivo složenih, pa ih stade po redu čitati, gutati.

U jednom je žestoko izlivala tugu i lud bol za njim, kad je posle mobilizacije, naglo otputovao i pitala se: da li veruje sebi, da li je moguće da on nije više tu, pokraj nje, uz nju, on sa svom svojom muškom snagom i lepotom, on, na čijim je grudima ona prvo upoznala onu slatku stvarnost sreće. A posle sve uznemirenije i nervoznije govorila o svojim groznim mukama koje postaju sve više neizdržljive, o odvratnoj, gadnoj i prokletoj sudbini, koja ih je tako nemilostivo i brzo rastavila da ih, možda, nikad više i ne sastavi.

Pa zatim u jednom mahnitom strahu: kako je užasno žrtvovati onakvu mladost i kako njeno kukavno i ucveljeno telo trpi, gori i kopni bez milovanja; da će sigurno umreti od tuge i iscrpljenosti. „Gospode", pisala je, „zašto si me stavio na ovakve žestoke, grozne muke? Zašto si me ubio? Ja zaista osećam da više nisam jedno celo biće. Ja se mučim, ja ludujem, ja sam smrvljena, ja ne umem već da se izrazim. Ujutru kad se probudim, ako sam nešto malo spavala, ja... kao kad neko na hirurškom stolu oseti, da je bez najdražih svojih udova. Kao zmija vijem se po čaršavu, podižem glavu, široko otvaram oči, ispružam se, grčim, trzam, tražim uvek tvoj žarki, tvoj rajski poljubac. Gde si, mili moj, o gde si? Glava klone i tako drhćem i plačem, gušim se, tonem negde. Stežem tvoje male... koje ti naj voliš, molim da me one uteše, ali i one plaču sa mnom, jer ih ni ovoga jutra nisu grizla tvoja muška, rujna i topla usta. Dođi, oh dođi, oni te čekaju, tvoji divni crveni cvetići.

Pa kidam i cepam sve sa sebe, gledam svoje golo telo i kao luda tražim, vrištim, hoću tvoje poljupce, tvoja usta. Oh, daj mi tvoja usta! Bože smiluj mi se! Vijem se kao crv, previjam, štipam, onesvestim se, a taj zanos, ta groznica, ta strast... Eto u toj strasti, u toj groznici zarila sam juče onaj tvoj mali nož u ruku pa sam sisala svoju rođenu krv. Oh, kako je slatka bila ta krv. Oh, zašto si me dodirnuo? Neka je proklet onaj trenutak kad si mi prvi put prsa pritisnuo, kad me je prvi put tvoja ruka obuhvatila. Zašto si me dodirnuo? Zašto nisam ostala spokojna, blažena, nevina devojčica da nikad ne poznam ovu besomučnu uzbunu krvi, sav ovaj užas? Zašto sam te toliko zavolela pa sad ne mogu bez tebe?... Moje te srce traži, kuka za tobom, kunem ti se umire za tobom. Bože, ovo je užas... Ubija me ova jeziva smrtonosna praznina samoće. Idem nema i slepa kao utvara; pa mi ponekad dođe da vičem pa da se sve prolomi: u pomoć, u pomoć, u pomoć!

„I znaj da si ti jedini moj život, da su sve moje misli tvoje, da ću poludeti bez tebe. Ne misli da si daleko! Ti si u meni, uvek tu, unutra u mojoj duši; i ko iščupa tvoj život ubio je i mene. To znaj; to dobro znaj, i čuvaj se! Seti se mojih poslednjih reči. Ti i ne znaš koliko ih je ovamo ostalo zdravih...

„A sad, evo ovde... vidiš evo ovde spustila sam svoj goreći poljubac za tebe. Poljubi to mesto. Ljubi ga dugo i strasno. Ja sam ga do bezumlja dugo ljubila. A ovo sam držala na grudima, na one dve kaplje krvi, da ti ispratim najdraže mesto tvojih kao žar vrelih poljubaca. Ne ubij me! Čuvaj se! Znaj: ne smeš poginuti, jer si ti najvoljeniji čovek na svetu. Jest, čuvaj se! Ti mi se moraš vratiti, ti moraš doći da odagnaš ovo mračno očajanje tvoga anđela, da učiniš kraj ovom neizdržljivom, praznom, pustom i strašnom životu; ne doći, moraš doleteti: da se uveriš koliko tek sad znam biti nežna i slatka i strasna, da zagrliš opet tvoju milu malu pa da umre na tvom srcu, da razbiješ sve njene opake i ružne sumnje, da oteraš sumorne slike što je vampirski dave, da piješ sve njene draži slađe nego ikad, veruj, slađe nego ikad, da ugasiš njenu žarku strast od koje će izgoreti, oh sva izgoreti. Dođi, oh što pre dođi! O dođi u pomoć, dragi, tvojoj dragoj Jeleni.”

I sve dok je tako čitao, Hristić je ludo živo osećao kako rumeno meso onog vitkog tela, što je tamo daleko gorelo u strasnoj vatri čežnje, drhti u njegovim snažnim rukama pa je, nozdrvama strašno raširenim, udisao miris onog najstrasnijeg mesa i tako uskipeo i raspaljen, u ludačkom nemiru svih nerava, grčio se i trzao dok su mu oči plamtele onom grozničavom vatrom i u mozgu bučalo do nesvestice.

III

Onoga glavnog i svečanog dana izvođenja kolosalno-paradne kaznene ekspedicije dok se front, sav krvav, kao ogromna sura i ranjava zmijurina u najbolnijem grču, povijao, gurio pa ispružao i napinjao da odoli odlučnim udarcima, na samoj ivici sela B, u velikom pravougaoniku jednog šljivara polomljene i oborene ograde od prošća, peta baterija, sva u garavom dimu i pijanstvu borbe, bljuvala je čelik na maskirane položaje levo od seoske škole koja se belila. Bitka koja je otpočela noću jednim slučajnim, nesmišljenim sudarom iz koga se izrodio i razvio najstrašniji haos nad haosima, nered u kome će vojnički pisci posle rata pronaći najprecizniji red stvari, izvođen do sitnica i na sekunde po marljivo spremljenim dispozicijama Glavnih stanova i visokih komandanata, nastavila se preko celog dana sa žestinom koja nijednog trenutka nije bila malaksala. Na jednom od prvoklasnih odseka, na kome se nalazila peta poljska baterija, tačno u podne situacija je bila kritična do najveće uzbune. Bezmalo cela pešačka divizija, koja se povijala i kolebala još pre podne, najedanput, i to baš u času kad je pojačanje iz pozadine pristizalo forsiranim maršem, okrete bezobzirce nazad pa se istopi u onom beskrajnom moru požutelog kukuruza koji se kao talas povijao pod nogama izbezumljenih masa gonjenih paklenom rafalnom vatrom iz topova svih kalibara. Međutim, i u tom najkritičnijem trenutku i kad su i poslednja creva pešadije zamakla za kukuruze, peta baterija, koja je dejstvovala kartečom, još nije imala naređenje da se povuče.

Baš u to vreme i dok je štab one razbijene divizije, što se u najvećem neredu probijala i dalje kroz kukuruze lomeći ih, žurno odmicao drumom bog bi znao gde, jedan armijski automobil, za kojim se vukao ogroman rep prašine, dojuri mu munjevito u susret. Onda neki oficir, beo i lep, u kicoškim lakovanim čizmama i korbačem u levoj ruci, iskoči brzo na zemlju, priđe komandantu divizije, prinese sasvim labavo ruku do štitića pa prosto pokaza rukom duž belog druma, kojim je sura i kriva gusenica jednoga puka forsirano žurila podižući i sama veliki oblak prašine s jedne i s druge strane puta. Onda se malo posle, i dok su oficiri mahali nešto rukama i objašnjavali se žustro, ona gusenica ispravi i cela pojavi na onom belom pravom drumu.

Najedanput onaj bataljon što je maršovao na začelju kolone, onaj rep gusenice, pršte u strelce, siđe s druma i besno pojuri kukuruzima odakle beše iznenađen vatrom gonioca koji se odnekud probio. Pa se momentalno cela ona gusenica razvi u lepezu i ta sjajna blještava lepeza od bajoneta poleti napred kao ala; onda se, urnebesno prolamajući vazduh sa „ura", izgubi negde u svome letenju da se ubrzo opet pojavi na samoj ivici sela B. gde se u petoj bateriji, usred onog voćnjaka, ludački otimalo o ućutale topove. I grozan lom i onaj škrgut, pa onda svojstveni tupi šumovi bajoneta u mesu i kostima, šikljanje krvi, kundak, rvanje, jauci, izbezumljene, krvave oči, najzad ona luda životinjska zabuna i komešanje i ista umukla oruđa nastaviše da bljuju karteč u leđa maločašnjem napadaču za kojim se ona ustremljena ala krvnički sruči.

A kratko vreme potom front je bio miran i blesav. Naslonjen leđima na zid seoske kačare do voćnjaka, bled i zadihan, još obamro od one lomnjave i sklonjen tu da se zaštiti od retkih zrna koja su povremeno doletala, Hristić je posmatrao kako pešaci onoga puka, što je gonio, razdragani a ćutljivi, sprovode jednu potpuno novu neprijateljsku bateriju koju su zatekli i zgodno iznenadili u samom pokretu. Pokunjeni elegantni oficiri i ravnodušna posluga ove baterije, čije su sjajne cevi ostale neogaravljene, jahali su i dalje na svojim snažnim i lepim konjima, na kojima su nova novcata žuta sedla i okovani kamuti, blještali kao da su istog časa izvađeni iz prepunih carskih magacina. Hristiću zavodniše oči i kad baterija iščeze putem on ponovo uze spuštenu telefonsku slušalicu i prinese uvu. Pred njim, u dvorištu, jedan veliki petao šarenog i rastršenog perja, praćen kokoškama, kljucao je šepureći se i tražio mirno nešto onuda po bunjištu. A oko njega u šljivaru, na poblegloj i ugaženoj travi, ležalo je nekoliko mrtvih vojnika nosem pobodenim u zemlju ili poleđuške pa su sa raširenim rukama izgledali kao krstovi. On prelete preko njihovih modro-tamnih lica, oseti kako ga poplavi neki hladan talas i pomisli da je i on sam isto tako sad ovde mogao ležati mrtav i modar. I seti se kako mu je maločas, usred onog urnebesa i užasa najednom došlo da bega ma gde a bez obzira na sve moguće posledice.

Tada, najedanput, njegova drhtava ruka jako pritište slušalicu i on se odazva pa se ukočeno zagleda u zemlju i pobledi. I tako zaprepašćen i smrtno bled drhtao je i slušao neko vreme. Onda pričeka malo i prekide vezu pa nesigurnim, tuđim glasom pozva Jurišića i saopšti mu da će smesta ići za baterijskog osmatrača na crkvu sela B, a da on odmah dođe na njegovo mesto prema primljenom naređenju. Zatim naredi da se skine telefon i dva vojnika pođu zajedno s njim, pošto pronađu jednog meštanina koji će im pokazati najkraći put do crkve. U tom trenutku jedno čudno talasanje na njegovom mračnom i užasnutom licu odavalo je neku strašnu rešenost. On se brzo spremi i kad neki seljak odnekud dođe da ga vodi on pođe odlučno pred svima u onom pravcu crkve. A tamo unapred, kamo se on kretao, borba je još trajala samo sa sve slabijim dahom i retka zrna fijukala su oko njega da onu smrtnu svirku produže ravnicom sve do prve prepreke. Hristić je koračao sagnute glave, sa rukama na leđima, i pri svakom fijuku topovskog zrna saginjao bi se i plašljivo prilegao. Ona opasna, bezumna odluka koja mu je pala na um i koju je doneo posle primljenog naređenja da ide za osmatrača na crkvi, umirivala ga je donekle i on je čak osećao zadovoljstvo što se najzad svršilo sa onim groznim duševnim mukama, dvoumicama i kolebanjima. Više nikakve sumnje nije bilo da njega namerno i zbog onakvog njegovog držanja u poslednje vreme, šalju i određuju na sve rizičnija mesta i da bi on jednoga dana, pošto niko kraja ne može sagledati tom strašnom razračunavanju, najzad morao platiti glavom. To je sigurno. A ovo će se sve lepo udesiti tako da niko i ne posumnja i baš je sad zgodna prilika da se ona odluka privede u delo. Baterija je ostala daleko, a ovde je čovek izložen pešačkom zrnu i niko onu pretpostavku ne sme ni činiti, a kamoli pomišljati na kakvu optužbu ili istragu. A posle, kad se i to jednom svrši, otići kući, odmoriti se do mile volje, zadovoljiti i umiriti ljubljenu ženu, ispijati svu onu neviđenu sreću što mu je obećava i nudi to divno stvorenje što plamti u onoj bezumnoj uzbuni krvi i onom zanosu koji opija i zaluđuje na najvećoj daljini.

Tako je Hristić mislio o ženi i onoj sreći sve do crkvene porte kad je onaj seljak umolio da se vrati i žurno se izgubio, a on zastao onde kod velike kapije odakle su vojnici s mukom uklonili jednu crnu, naduvenu i usmrdelu lešinu neprijateljskog vojnika iz desetog jegerskog bataljona što se bila isprečila na samom ulazu sa razjapljenim crvljivim trbuhom i ulanskim sjajnim i repatim šlemom više razmrskane glave.

Onda on uđe u crkvu. Neki hladan, jezivi zadah umi njegove goruće obraze i prljavi izgled u štalu pretvorenog hrama, punog rasturene slame i raznih otpadaka, zadrža njegovu ruku koja pođe da se prekrsti. Na umrljanim zidovima sa strane stajale su poređane četvrtaste table na kojima su ugarkom ispisana ona slavna imena ulanskih konja, a izgrebane oči svetaca, probušene prsi Bogorodice, i ona porazbijana kandila pred oltarom, sav taj utisak ponižene i osramoćene svetinje uli mu jednu odvratnost, koja ga je čudno hrabrila u onoj odluci. Kad telefon postaviše iza kapele on uđe u ispražnjeni oltar u čijoj ga mrtvoj tišini zadahnu osećanje smrti, pa se brzo pope na toranj crkve.

Gore, u onoj mrtvoj polumračnoj šupljini, u onoj smrtno hladnoj tišini tornja, pirila je jeziva hladnoća teških i ledenih zvona, punih onog svojstvenog ćutanja u nekom užasno mirnom i mrtvačkom stavu savršene nepomičnosti klatna. On oseti kao da se kandže neke nevidljive, hladne kao led aveti privlače iz mraka. Kad se ispuži toliko da je mogao obuhvatiti onu poprečnu gredu-osovinu na kojoj su visila sva tri nejednaka zvona, on se podiže na snažnim mišicama pa je opkorači. Treptеće siluete dva-tri slepa miša prnuše iz mraka, lako ga se dotakoše po kosi i ruci i udariše o konopce. I onaj hladan užas, kao neki ledeni talas, obuze ga do grla. Jednom drhtavom rukom on razvali onaj tanki drveni kapčić na lenjirastom prozorčiću, te uđe nešto svetlosti, pa zasenjenim očima koje su ga bolele, pogleda pred sobom. Na bagremu, ispred crkve, na najvišoj suvoj grani, ljuljao se lako, elastično i drsko jedan crn, ogroman gavran i kidao neko grdno crevo one lešine iz desetog streljačkog bataljona. On pogleda po selu. I taj njegov pogled, zasenjen i mutan kao i njegove misli što su plavile sve po nekim crnim talasima, video je samo neodređene utiske stvari pa mu se činilo kao da svi oni prostori oko njega mirni i žalosno pusti uistinu i ne žive. Para od sunca podrhtavala je nad ravnicom i u onom lakom svilenom sjaju sunčane magle i boja, mir ogromne doline snevao je u nekoj mističnoj udubljenosti. On brzo pređe preko razjapljenih grotla na granatama provaljenim krovovima, sa rasturenim i isparčanim crepovima, i rasejano i nemirno stade tražiti neprijateljska oruđa. I ne potraja dugo, zaista, četiri učestana svetlucanja otkriše mu vešto maskirane cevi, a malo zatim još dve levo od puta kojim se sa one suprotne strane ulazilo u selo. A posle nekog vremena, iza njegovog izveštaja, onaj prostor tamo obasu vatra pete baterije i oni topovi postepeno potpuno umukoše.

A dan je odmicao sporo i Hristić je, zakovan na istom mestu, nervozno pogledao u onom pravcu odakle su dolazila topovska zrna i sa strašnim fijukom presecala vazduh levo i desno od crkve. Čekao je da bude vraćen u bateriju pa je verovao da će svoju opasnu odluku odložiti za docnije. Ali, dok je on sa durbinom na očima rasejano osmatrao ona ućutkana mesta, dva teška zrna zafijukaše pa se najedanput, sa užasnim treskom srušiše jednovremeno pred crkvenom portom, onda malo zatim, sa parajućim jaukom, dva druga prebaciše crkvu. Usred onoga užasa Hristiću sve beše jasno: crkva je bila meta. I kad nova četiri razorna zrna, sa zaglušujućom lomljavom prskoše u crkvenoj porti, on, izbezumljen, u potpunom ludilu do najposlednjeg smrzlog nerva zgrabi sve one konopce ispod zvona i dok su razjarena klatna besno udarala u onaj tuč, on se sruši na drveni tavan iznad stepenica, pa se munjevito stropošta dole i izleti u portu. A u onom trenutku kad se spotičući o lešinu dočepao kapije i okrenuo se, usred gromovske eksplozije, onaj visoki toranj posrnu pa se sa svim klatnima, zvonima, kubetom i krstom sruči u prašini na suprotnu stranu onamo gde se nalazila kapela. Hristić onda pojuri tamo, ali u ruševinama njenim oba telefoniste, razmrskani i unakaženi, ležahu mrtvi i vrući. On zgrabi jedan karabin što je ležao pored njih i stade bežati. I tako zadihan, sumanut, sav u znoju, obuzet onim strahom životinje koju besno gone, bežao je ludo, izmičući zrnima što su prebacivala i sa čudnim osećanjem da oko njega zvone, zvone, zvone neprekidno i pomamno. A suton se spuštao i boje se gubile postepeno dok je on bijen po čelu i obrazima onim šašljikama, sav izgreban, žurio, lomeći kukuruze između kojih se provlačio. Najzad se zaustavio i tu, iza jednog džinovskog stabla, pao od umora. Bio je sam i potpuno obezbeđen. A unaokolo sve je bilo mirno, samo se čule pčele kako zuče oko cvetova. Umakao sigurnoj smrti, uveren da novim opasnostima nema kraja,

Hristić je odlučno i ogorčeno odbacio pomisao da se vrati u bateriju. Kuća — bila je njegova jedina, bolna i rajska misao. I jedna bezumna radost zavrisnu u samoj njegovoj krvi od te pomisli. Slika njegove žene, jasna, jedina, oštra i odvojena lebdela je pred njegovim zatvorenim, umornim očima. „Jest, kuća, samo kuća, o drugom čemu ja ne umem da mislim.” I njegova desna ruka grčevito steže karabin položen na travi, pored njega. On ga munjevito podiže i otkoči, pa opruži levu nogu i nasloni cev na prste. „Zašto baš levu nogu, možda bolje desnu, možda bolje ruku: jao, jao šta ja to radim, šta ja to radim?” Nešto kao poljski mišić šmurnu mimo njega i iščeznu u travi. Još jednom Hristić se obazre oko sebe. Svud je bilo mirno, krvavo, zamišljeno, mrtvo. Na kadifi neba drhtale su zvezde. On jako zažmuri, lice mu se iskrivi i, stegnutih zuba, u jednom žestokom, nesvesnom grču povuče oroz. Kao munja, neki crno-crven, garav i krvav vijor pomrači mu svest i dok je ranjena noga sva drhtala u krvi on se ludački zaplaka tresući se onim obamrlim telom: „Jao, jao, šta ja to radim, jao, šta ja to radim?”

***

Kad se onaj sanitetski voz sa ranjenicima, među kojima se nalazio Hristić, zaustavio na maloj stanici u žalost uvijene varošice P, njegova porodica, sva u ludoj brizi i crnim mislima o njegovoj rani, izbezumljeno pojuri ka vagonima. A ona živost i metež na peronu, uzbuđeni i dirljivi uzvici, ona jurnjava, jeziva radoznalost i zapomažuća briga onog pomahnitalog od nestrpljenja sveta, što se bezumno napregnut, raspitivao o svojima i trčao i tražio na sve strane prema prozorima, sve to, a povrh svega uzbuđenje onih ranjenika oko njega, do plača uzruja inače uznemirenog Hristića koji je, zbunjen i osramoćen, u zasebnom oficirskom vagonu, ležao na jednim neugodnim i krvavim nosilima. I baš kao ono na bojištu: „jao, jao šta sam ja uradio, šta sam ja uradio", on se gadio sebe, pa mu se u toj odvratnosti činilo kao da mu je duša sva upljuvana, prljava i nekako zagađena, a u onu ranjenu nogu belo omotanu nije smeo nikako ni da pogleda. I tako obavijen nekom sramnom maglom i njome odvojen od onih ostalih pravih ranjenika oko njega, što su mu se u onoj njihovoj skromnosti činili neka mala božanstva, on je osećao kako strašno prlja lepotu onih rana muški stečenih i kako bi sav onaj sram što mu je onako upljuvao dušu mogao da ukloni samo tako, ako bi javno, tu pred svima, prosto i pošteno priznao sve što je uradio te bi mu tek tako, popljuvanom od sviju, bilo, možda, lakše. A onaj sram oseti on još više, kad ugleda, kako dva mršava, slabunjava mladića dižu nosila sa njegovim teškim telom, mučeći se da ga iznesu iz vagona; i kad ga tu, na tom izlazu, opkoli njegova brojna porodica sa izrazom onoga nemoga straha i očima punim suza. I tek tu, tačno na tom izlazu iz vagona, dođe mu najednom da se napregne i uspravi, pa da onom skupljenom, brižnom ali ponositom svetu, koji ga tako milo i sa divljenjem posmatra, kaže prosto i jasno: „Gospodo, braćo moja, deco, žene, evo tu pred vama, gledajte dobro, evo tu pred vašim očima, stoji jedna pokvarena, gadna duša, jedna odvratna kukavica, najniži, najbedniji čovek, ljudina jedna zdrava i snažna, koja dopušta da se oko njega muče ova bedna i nejaka deca, plaču ovi jadni starci. Evo, građani, ljudi, pljujte, pljujte tu odvratnu lešinu koja se sama ranila, koja je sramno pobegla i ostavila tamo slabije od njega da vas brane." Ali, umesto toga, Hristić se zaplaka ljubeći svoje stare roditelje, i onaj stid poraste još više kad u suznim očima žene opazi ponos i radost što stoji pored ranjenog i živog muža. A tek kad ga poneše on je bolje zagleda i oseti još nešto: kako ga ona i još kroz suze posmatra čudno pažljivo, nekako životinjski.

I tu noć je Hristić mučno proveo i nekako je sve drugče bilo te noći nego što je on očekivao. I ona ugodnost tako nekako neprijatna i tugaljiva zato što nije zaslužena, i brižna lica što su jezivo zagledala sramnu ranu koja je krvavila, i sve one stvari oko njega i uspomene na njih, i neispavane i zasuzile oči starih, i naročita užurbanost i vrednoća njegove zbunjene žene, koja se svaki čas koketno i nekako značajno smešila na njega čim se uverila da je niko ne posmatra, sve to vređalo ga je, i diralo ružno i neprijatno, ljutilo i ismejavalo do bola, koji je za njega dotle bio potpuno stran, nov i nepoznat. Naročito ono što se desilo od onog kobnog akta na frontu, u onom sklonitom mestu pored velikog drveta, mučilo ga je te najcrnje noći u njegovom životu, grizlo ga, grebalo kao mačjim noktima, pa je zmijski gmizalo duboko u njegovoj duši kao u nekoj paklenoj senci te se sav osećao jadan i ukaljan, sav od smrdljivih crvi i nekog pacovskog gada. Sve, baš sve što se od onog trenutka desilo. I ono zločinačko zakopavanje karabina, to sramno uklanjanje traga krivice, pa još sramnije skakutanje na jednoj nozi kroz kukuruze sve dokle ga neki pešaci, što ih je sreo na putu, sa onim dobrodušnim, detinjskim sažaljenjem, ne uzeše na leđa, smenjujući se tako sve do previjališta, gde ga je neki lekarski pomoćnik sumnjivo pogledao i previo i gde je neko iz mraka, možda neki ranjeni vojnik iz baterije, kad je ugledao njegovo lice prema maloj lampi i dok su ga previjali, jetko doviknuo: „Gle, otkud taj jarugar tuna?" I ona nezapamćena noćna borba, oni juriši i onaj krkljanac koji se lepo čuo iz previjališta one noći kad je osetio potajnu radost što nije tamo u onoj opasnosti, ali kad mu je prvi put sinula misao da se ne posumnja u bateriji, posle čega nikako mira nije ni imao; pa ono oduševljenje i dočeci i pozdravi na svima stanicama kuda je sanitetski voz prolazio, cveće i venci što su devojke bacale na njegove osramoćene grudi i sve one obilne ponude po bolnicama, u vozu i svuda kuda je prošao, sve, sve što se desilo od onog nesrećnog večera razdiralo ga one noći do pobesnele užasne neizdržljivosti...

Ali su dani prolazili i Hristić se postepeno stao stišavati. Ono oštro trnje u grudima nije ga više bolo kao one prve noći i svakog dana padali su mu na um neki novi razlozi koji su ga uveravali kako se on i suviše odužio. Baš tu, u njegovom mestu, bilo je puno ljudi, još zdravijih od njega, još dužnijih zajedničkoj stvari, koji nikad fronta nisu ni videli i koji su o ratu znali isto toliko koliko i žene; čak one žene po bolnicama nešto i znaju, ali oni baš ništa. I on ih je svojim rođenim očima gledao kako ono ratno stanje vešto iskorišćuju, a ni na čijem licu nikad nije primetio kakvu god grižu savesti. Sede lepo ljudi u toploj kafani, pošto su se dobro naspavali, napili i na-jeli i oduševljavaju se onim pobedama, što ih opštinski doboš objavljuje, i tako se njima ponose kao da su ih baš oni, i niko drugi, zadobili. I čak se ponekad ljute što se brže ne napreduje ili što se neko parče fronta upusti i objašnjavaju kako bi to sve trebalo raditi. Ponekad, pošto čuju o kojoj većoj pobedi, oni iskupe svirače, pa im ona ciganština po cele noći škripi i drliče, a oni drže zdravice hrabroj, neustrašivoj i nepobednoj vojsci, najizdržljivijoj na svetu, i razbijaju čaše i ogledala sve do svanuća kad zarede po ulicama i pod prozorima „prave serenade" onim ženama čiji su muževi ludi te se lomataju i mlate tamo po blatnjavim rovovima. Jest, puno je tih snažnih, mesnatih, užirenih i potpuno zadovoljnih ljudi video Hristić tuna, u svome mestu rođenja, pa su ga oni i uveravali, baš kao i njegova familija, kako se on i suviše odužio i kako je sad pravo da se dobro odmori, okrepi i prikupi. A oni su za njega najpre bili odvratni zabušanti i čak ih je izbegavao, pa se postepeno stao na njih navikavati dok se nije uverio: da su i to ljudi patriote na svoj način (među njima ima mnogo liferanata a i bez njih se ne može) i da ni oni nemaju baš sasvim pokvarenu krv, kao što je on nekad pogrešno i neopravdano verovao. I tako se Hristić ponekad raspoložio, zajedno s njima smejao se slatko i sve više ono zaboravljao. Zaboravi se Hristić pa se čak hvali i fino i smišljeno laže o onoj borbi kad je ranjen u nogu i to lično, veli, od jednog ulana, sa repatim šlemom, s kojim se sreo negde u šumi kao baterijski izviđač, prsa u prsa, kad je ulan njega ranio u nogu a on ulana ubio na mesto posred samoga srca iz svoga karabina koji je oteo u bugarskom ratu i bez koga nikad ne ide u izviđanje. I sve tako sa najvećim uživanjem i slatko priča Hristić zadugo posle večere kako će biti odlikovan ordenom sa mačevima i kako je sasvim drugo ovaj današnji evropski rat, a drugo onaj o kome ponekad voli da priča (a bolje bi bilo da ne priča i da se ne bruka) njegov otac kad su zauzeli Giljane od Turaka i kad se na prste moglo izbrojati koliko je u celom ratu topovskih metaka ispaljeno. A već o balonima-osmatračima, monitorima oklopljenim, aeroplanima raznim, sumarenima i onim cevima preko 24 kalibra ne vredi ni govoriti, jer se onda o tome nije ni sanjalo. Navodi dalje Hristić kako je samo on, kao osmatrač, uništio šest neprijateljskih topova sa tornja crkve u B. Tada je, veli, bio primećen od neprijatelja i zajedno s tornjem, posred koga je udarila razorna granata, jednog od najtežih kalibara, stropoštao se sav u prašini sa onim zvonima i kubetima dole na travu u porti crkvenoj i da nije bilo jedne naduvene lešine nekog vojnika iz desetog lovačkog bataljona na koju je pao, ne bi ni ostao živ. I malo-pomalo, ponavljajući ovo isto mnogo puta, on je bio potpuno ubeđen: da se baš tačno tako stvar desila, a to, uostalom niko nije video i tako će to uvek ostati da se priča. Srušena crkva u B. postoji još, hvala bogu, i svaki se o tome može uveriti kad hoće, a cela peta baterija zna da je on na tornju bio osmatrač i otud slao telefonom dragocene izveštaje kao i to da su oba telefonista poginuli u kapeli, pored njega koji je jedini od njih trojice, nekim pukim slučajem, ostao u životu. O svemu tome mora imati relacija, a i u Operacijskom dnevniku sve doslovce mora biti opisano i zabeleženo. I sijaset drugih izmišljotina nabraja on i pripoveda gde god stigne i stane.

Ponekad izađe i u varoš pa se poštaplje i naramljuje na silu, i tamo u kafani objašnjava kao stručnjak onaj kominike Vrhovne komande što se razašilje opštinama i onu situaciju na frontu. Okupe se svi oko karte, piju kafe, puše i larmaju, a on pobija čiode prema tome kako se front povija (a on se sve povija unazad) i ovako obično počinje da priča: „Kad sam ja pošao sa fronta situacija je bila ova: ja sam držao ovu tačku", (i ubode čiodu) ili: „ja sam obasipao vatrom ovaj prostor"; ili „dobijem ja naređenje da izvidim teren X ispred pešadije, to je sasvim severno, evo ovde, evo baš ovde, vidite li? Boga im pešačkog, mislim ja, pa zašto će onda pešadija i konjica? Kaže meni komandant armije ovako: „Vidite li, Hristiću, ono tamo gumasto drvo?" Vidim, kažem ja. I zaista vidim gumasto drvo. „E, levo od njega, u onom stenjaku, eno vam njihove armijske osmatračnice. Polupajte ono kao cimentu." Ja ocenim i za tren oka nema vam onde ni mrava, sve stoji „glat"! Jednom sam zarobio celu konjičku bateriju, pa sve novi kamuti i sedla, cakle se. A ja one njihove konje u pozadinu, a njihovu rođenu bateriju okrenem protiv njih. Samo da mi noga pređe, časti mi, volim ja da sam tamo nego ovako da smrdim."

A dani prolaze, pa jesenja kiša prska u prozore i vetar nosi žuto lišće i savija grane sve do zemlje, dok Hristić sedi u toploj sobi, izležava se i pomera one čiode. I kad rana stane da zarašćuje on je, krijući, polije malo sirćetom te ona onako nagrizena i razjedena uvek ostaje sveža i otvorena i čak gore s njom stoji nego u početku. Tako rade mnogi vojnici i Hristić je to od njih i čuo kad oko vatre, tamo na frontu, pričaju o tome kako se produžuje bolovanje, a misle da ih niko od starešina ne čuje. Onda je on od njih doznao i kako se veštački dobija žutica. Ostavi se, vele, jedna pregršt duvana u čuturici da prenoći pa se sutradan po malo pije i od toga čovek požuti kao limun. Pa je on i to probao ali nije požuteo, a ono sirće, naprotiv, dobro dejstvuje i svaki je dan kod kuće neiskazano veliki dobitak.

Dakle tako, razuzuri se Hristić kod kuće, leži ugodno na leđima, a onu ranjenu nogu položi na jastuk, pa čita nešto, razgovara sa ženom ili prima posete poznanika i prijatelja koji nisu imali prilike da ga odmah po dolasku vide i čestitaju mu junačku ranu.

Čim prijave posetu on se smesta naježi kao od bola, koji je baš tog trenutka nastupio, gleda u vrata i očekuje. A onaj njegov poznanik ulazi žurno, smeška se i snažno mu drma ruku.

— Bravo, bogami, bravo! Srećna ti junačka rana!

On zahvaljuje i oči mu najedanput zavodne.

— Nema šta — produžuje onaj — sad ti je Karađorđeva zvezda sigurna kao u vosku. Ako iko, ti si je zaslužio. Ti, mislim, imaš zlatnu medalju? Pa jest, imaš je! E pa brate, i stari su ti bili junaci, eto tvoj otac, čitava se čuda o njemu pričaju na Javoru, pa deda, pa svi.

Onda zaviruje u onaj zavoj i pita:

— Parče granate, šrapnel, šta li je?

— Dum, dum!

— Nu, majka mu stara, pa to je po Ženevskoj konvenciji zabranjeno...

— Pa evo kako — objašnjava Hristić — retko oni to, samo kad su u škripcu, kao onoga dana kad smo ih pritesnili kod Belotića. Taman mi na ivici sela i stali da plasiramo...

— Ali kost nije mislim povređena?

— Pa malo, sasvim malo, upravo mišić.

— Znam, znam, ali neće valjda biti posledica?

— Nikako da zaraste, ovakve rane najsporije zarašćuju — odgovara Hristić, mršti se i udešava nogu...

A kad nikoga nema i kad je raspoložen on pozove ženu da sedne tu kod njega, uz sam krevet, uzme je za ruku i priča joj šta znači to samo jedan jedini dan na frontu, pa se čudi kako nije do sad sav osedeo kao ovca kad pomisli koliko je tih crnih dana preturio preko glave. Jer to nije dan nego večnost i još kad čovek pojma nema dokle će se to nemilosrdno razračunavanje produžiti, a pored toga ne stoji dobro kod pretpostavljanih, te ga ovi namerno šalju na najopasnija mesta. Onda je brzo gotov. A to važi za njega, jer on nije od onih pokornih mlakonja i ulizica što samo znaju „razumem" i slepo i kaplarski izvršuju što im se naredi, nego on hoće da ispita: je li ono što se naređuje opravdano i umesno. A onima se gore to ne dopada, jer oni ne vole čoveka koji misli nego mašinu.

Pa se onda u pola podiže, privlači je i obgrli:

— Je li — pita je on — pravo da mi kažeš: šta bi radila da sam poginuo? Recimo čuješ ili dođe ovakva depeša preko opštine: kapetan druge klase Đorđe V. Hristić, vodnik pete baterije, toga diviziona, toga artiljerijskog puka, poginuo je na položaju tom i tom, toga i toga dana, o čemu izvestite njegovu porodicu. Sahranjen na položaju. Stvari njegove i novac poslaće se naknadno.

— Pa šta da ti kažem... ne znam šta bih radila i ne volim o tome da mi govoriš.

— Znam, znam ja, evo da ti kažem ja: dakle, plakala bi malko, žalila bi me neko vreme, pa posle „teško onom koga nema". Zar je malo zabušanata? Evo ovde puna je varoš.

— Uh, odvratni su mi — stresa se ona i ježi.

— Pa ipak istrčiš ponekad na prozor!

— Ja? — i očigledna laž se zatitra u njenom glasu. — Nikad!

— Jelena, Jelena, nisi ti ono što si bila! Bogami, nisi!

Čudno bi tada izgledala ova, u strastima do prestupa

odvažna žena. Branila bi se ona rečito, prelazila u napad i protestovala.

Nigde ona ne izlazi. Eto baš tu, preko puta, ima neka „depovska komanda" što nikakva druga posla nema nego da vojne begunce osuđuje na smrt, pa tu rade puno nekih oficira, sve sami protekcionaši i svako veče šetaju pored kuće i drsko gledaju u njene prozore. Gnusni su joj užasno ti neljudi, jer svaki dan streljaju one nesretne vojnike što dolaze ovamo da vide kuću i familiju pa da se vrate, i pošto pobiju one jadnike tu u nekoj jaruzi više groblja, oni izađu na korzo kao da ništa nije ni bilo, šetkaju, zagledaju u prozore i zanimaju se sa ženama. Uveče se od njih ne može s mirom proći jer zadirkuju, a neki bacaju i konfete kao na karnevalu. Cela varoš zna, uostalom kako se ona ponaša i svi je zovu kaluđericom, pa je nagovaraju da malo i na sebe pomisli i ponekad, kao druge što čine, izađe; samo što se ona na to i ne obzire. Kažu joj da je luda i da se ona vara ako misli da su muževi tamo na frontu sveci. Pa prelazi u napad:

— Umesto da me vređaš bolje kaži ti meni: da nisi i ti, tamo na granici, dirao seljanke?

— Nisam, časti mi! — brani se Hristić. — Ja sve imam ono ubeđenje, kao prosti vojnici, da bih poginuo ako bih uradio ono što ne treba.

— Bogami, pazi šta radiš ja sve ovde osetim — preti ona. — Ja ne znam, ali kad god ti uradiš nešto rđavo, ja ovde osetim.

Onda Hristić počinje da ogovara drugove:

— Ima, ima takvih, to je istina. Ja znam puno oficira što tako rade, ali ja, veruj mi nikad. Ja se gadim. Uvek, usred borbe, mislim samo na tebe. I ja ne znam otkud to, ali tada, usred okršaja, stojiš ti preda mnom u onoj tvojoj beloj svilenoj bluzi, koju sam te uvek molio da obučeš. Jest, uvek ti stojiš u onoj tvojoj beloj svilenoj bluzi i usred dima i tako će biti kad se budem vratio. A tamo svi znaju da sam ja odskora oženjen i onda ne bi bilo lepo da ja...

— Eh, eh — prekida ga ona sa onom skeptičarskom podrugljivošću — vešti ste vi muškarci, svi ste vi izvrsni advokati.

I tako se objašnjavaju, pa više puta oštro i krvnički posvađaju, sve dok ih onaj bliski dodir najedanput ne pomami te se oni razgovori uvek svrše na istovetan način: uzajamnim praštanjem, dugim i razdražljivim poljupcima, suzama i strasnim milovanjima. Jer ona uzavrela krv je uvek gotova za izmirenje i nje se ne tiče ništa.

A jedno poslepodne, dok je on operisao čiodama na karti, dođoše poštom dva neočekivana pisma. Jedno, u žutom, prostom uvijaču sa tri crvena poteza i pečatom, bilo je iz pete poljske baterije. Tu na jednom tabaku „preko celog” tražio je komandir: da kapetan Đorđe V. Hristić, tačno objasni: pod kojim je okolnostima ranjen označenog dana kod crkve sela B. gde se nalazio kao baterijski osmatrač i zašto, kad je ranjen, nije prošao kroz zavojište svoje divizije, nego otišao na drugu stranu i negde u tuđem previjalištu dobio prvi zavoj kao i sve ostalo što po tome ima da kaže. Drugo, privatno pismo, bilo je od Jurišića, gde mu on, onako po njegovski, brutalno i bez okolišenja javlja: da ga neki vojnici — očevici iz pešadije gadno optužuju, da se istraga protiv njega strogo povela i da je potrebno što pre da se vrati u bateriju i onu sramotu opere.

Pa sve to po nekoliko puta pročitava Hristić, dok mu ruke drhte, a sav se okamenio i pomodrio i moli sve one u sobi da izađu, jer ima da piše neki važan zvaničan odgovor, a već jasno oseća ono isto trnje u grudima i one bodlje i mačije nokte kako ga ponovo počinju grepsti, te se sve ubistveno zavitlalo dole duboko u onoj senci. A otud iznutra, kao iz samog onog dna probudio se onaj isti pakleni krik kao na bojištu: jao šta sam ja to uradio, jao, šta sam uradio?

Od ovoga trenutka sve one bedne laži, kojima se od dolaska ovamo hranio Hristić, iščezoše najedanput kao dim. Dotle, i ako su se ponekad, kao ono kad munja sevne, javljali oni mučni trenuci pomračenja i griže savesti, on je čak osećao jedan širok, i ako sav lažan, mir i odmor na duši. Sve se u njemu bilo utišalo i tako ostavljen na miru, nediran, on je verovao da je onaj njegov zločin ostao njegova najdublja tajna sa kojom će on jednoga dana i umreti. A osim toga, još je imalo vremena da se sve ono pokaje i popravi i on će to pokajati čim se bude koliko-toliko odmorio i zadovoljio. Ponekad, onako ustajalog i nepomičnog, obuzimao bi ga neki svež, silan i okrepljujući talas volje za kretanjem i baš onim istim radom i kretanjem tamo u bateriji, želja za onim bujnim, punim opasnosti, snage i rizika, životom na frontu. Ali je, isto tako, žalosna oseka nastupala uvek kad bi pomislio: da bi to značilo lišiti se svih draži na koje se navikao i koje mu je pružala ona strasna žena u onoj svojoj najslađoj, u onoj svojoj jutarnjoj rosi mladosti, ta žena koju je on, sa onom neutoljivom glađu osnovnog nagona, želeo utoliko pomamnije ukoliko se više njenim nesravnjenim dražima naslađivao. Pa, i ako je, u mnogo prilika i po mnogim znacima, osećao jasno, neočekivane i čudne promene u toj ženi kojoj je on sve žrtvovao, pomisao na rastanak s njom užasavala ga je. On se trudio i sve činio da one na smrt bolne munje dvoumica i sumnji silom uguši; i sa jednom iskidanošću i jadom, koji unakažuju dušu, nosio one slutnje i sve ono tužno iskustvo u nekoj mutnoj nadi: da se mračna propast što je pred njim zjapila, ipak nekako može izbeći...

Istoga onog večera kad je primio ono zlosrećno pismo iz baterije, Hristić za svojim pisaćim stolom, zlovoljan i rasejan, ne znajući šta će i kuda će, a osećajući samo da neka tamna budućnost stoji pred njim, skicirao je odgovor na sva postavljena pitanja u onom strogom, neumitnom i punom strašne pretnje zvaničnom aktu. Napolju je bilo hladno i niski crni i mračni oblaci visili su nad varošicom i vukli se i zaplitali po brdima svud unaokolo. U sobi je pucketala peć i raznosila onu prijatnu, meku i slatko-uspavljujuću toplotu, u kojoj se, sa osobitim nekim zadovoljstvom, uživa onih prvih dana hladne jeseni pune izmaglice. Pored peći, na pirotskom divanu i sa mačkom u krilu što je prela, sedela je i vezla njegova žena. Uvređena što je on grubo odgurnuo onda, kad je pošto-poto i na silu htela da sazna u čemu je stvar oko koje se muči, ona je mračno ćutala. Hristiću se činilo da je na njenom licu čas po nekako cinički i osvetnički, igrao neki osmejak dok se on mučio, a u onoj ukočenoj tišini, što je vladala u sobi, osećao je nešto kao prekor i prebacivanje što on sad, kad je njegovo mesto tamo usred onih mračnih oblaka na hladnim brdima, sedi ugodno tu u toploj sobi. Ali malo-pomalo, udubljen i zanet onim mučnim poslom, on je sve ređe obraćao pažnju na prisustvo svoje žene pa i prijatnost one topline koju je osećao u početku iščeze sasvim pred crnim predviđanjima posledica onog zločina od koga mu se krv mrzla u žilama i za koji je pokušavao da se opravda. Sa šakom na svom širokom čelu on se očajno naprezao da pronađe odgovor koji bi svojom prostotom i jasnošću, jednim tako doslednim izlaganjem što bi isključivalo svaku sumnju, smesta odbacio mogućnost svake pomisli o njegovoj stvarnoj krivičnoj odgovornosti, pa je tražio da gnušanje pred tom optužbom izrazi na način koji bi ostavio utisak da je zadovoljenje jedino što se njemu duguje da pribavi. I u tom užasnom naprezanju on je izgledao prosto unakažen: oči mu se širile i krivile nekako svirepo, potajnički i ogorčeno; nos mrdao, žile nabrekle, čelo mrštilo, a poluotvorena vlažna usta blesavo zjapila, gornja usna grčila i podrhtavala, znoj curio sa obraza i celo lice preobražavalo u neku ružnu masku koja je šmrktala kroz nos i kezila se gadno. U toj ružnoj maski imalo je nečeg tako jadnog, smešnog i blesavo-očajnog da se ženi, koja ga je krišom posmatrala, činilo kako nikad u svom životu odvratnije i gadnije čovečije glave nije videla. I prelazeći ono kratko vreme njihovog zajedničkog života, ona se u čudu pitala: je li moguće, ama je li moguće da je ona, ovu ovde istu rugobu tako mnogo volela, da je zbog nje patila, preturila toliko neprospavanih noći, čeznula i brinula za njom, ljubila strasno. Ili je sve to bila samo jedna glupa, nepojamna zabluda. Jer zaista, ceo onaj kratki život i prošao je kao u nekom bunilu. Sećala se onoga dana kad ga je prvi put videla. To je bilo prošloga rata i on je bio u uniformi. Tada joj se dopao: bio je stasit, ozbiljan, snažan i celom svojom pojavom ulivao joj poštovanje. Zaprosili su je njegovi roditelji i ona je odmah pristala i zavolela ga. Ali su ubrzo i još pre venčanja nastali česti nesporazumi. Njega je grozno mučio njen temperamenat, živ, bujan i nemiran, pun tople strasti, sav vreo. On je hteo da ona nikad nikog ne pogleda, nikad ni s kim ne progovori, nigde ne izađe i da se nikome ne dopadne a ona to nije mogla. Imala je mnogo poznanika i svi su joj se iskreno divili. I ako je ponekad ono i htela, da bi njemu ugodila, nije mogla. Njena lepota privlačila je svačiji pogled, ona zato nije kriva, a o svemu onome što je glavno vodila je i sama računa. Koliko se samo mučila, plakala, vežbala da obuzda onaj pogled i sve činila da ga zadovolji, ali on je tražio mnogo i sve više i svakog dana postajao sve grublji i dosadniji. Često je špijunski motrio svaki njen pokret i petnaestog dana od venčanja podigao na nju ruku, onu njegovu tešku seljačku ručetinu. I tako svađali se i mirili i u tome je prošlo sve ono vreme, a ona je nekad sve to drukče zamišljala. I što je glavno, nikakva pamet naročita, ni dubina, ni nežnost, ni otmenost. A otmenost je nešto najlepše i to se od njega ne može ni tražiti. Seljački sin čiji su roditelji prešli da žive u varoši. Njegova majka i danas pere subotom noge njegovom ocu. Tursko odvratno ropstvo i ponižavanje žene sprovodi se u celoj kući i svaki njen korak ocenjuje on po onim orijentalskim nazorima svoga oca. Niti voli zabave, ni sport, ni koncerte, ni pozorište. „Šetnja nije za domaćice." Kao mula ćuti njegov otac za ručkom i broji svačije zalogaje. „Dece, treba imati dece, žena bez dece nije ništa", to je sve i samo se o tome govori. Da može i da ga nije stid od sveta on bi zazidao sve one prozore sa ulice. Ne voli goste, ne voli nikoga. Nikad iz kuće ne bi izašao niti u izboru knjiga ume da se nađe. I sva je sreća što je bio raspust i rat te se nije moralo ići u selo, inače se onaj život ne bi mogao ni snositi. Uvenula bi kao svaki cvet što je otkinut i ne bi ni znala zašto je živela. Taj grozan život u selu ubio bi je brzo. Ali ona to ne bi trpela, raskinula bi ga odlučno. Još kao verenica uvidela je da se razilaze i htela da raskrsti, pa tako. Onda je nastao rat, odvojili se. I na onoj daljini i zbog one opasnosti, a navikla već na njega, zaboravila je sve njegove mane i sva ona poniženja, pa ga čak vatreno, sasvim iskreno poželela, i zvala da dođe, sve dok nije ponovo i došao, da ubrzo, samo posle nekoliko dana, ispolji opet sve svoje ružne, prostačke osobine jednoga grubijana, gejaka od glave do pete, varvarina. Od dolaska njegovog sloge je retko i bilo i ona urođena grubost, još više izrađena vojničkim životom među svakojakim prostacima, postala je neizdržljiva. Koliko je puta opsovao gadno, amalski ili kao da je sasvim aktivni oficir. Ni u društvu ne pazi šta govori, izražava se prosto, te ona mora da crveni pred svetom. Užasno. A sad eto ima neku muku i tu muku krije od svoje žene. Pa, je l' to muž i drug i prijatelj, najbolji drug i najveći prijatelj? Žalosno zaista. Život čoveka i žene treba da bude život jedne jedine duše, protkan jednim tkivom koji se ne može nikad odvojiti. Tako je ona sve i zamišljala. A sad šta? On ima svoje tajne i svoj zaseban unutrašnji život. Ne, nije ona nikad bila za njega, niti je on nju zasluživao. I sad ta odvratna i gnusna glavurda što šmrkće na nos i krivi se ne ume ni da ceni ovu sreću što je ona njegova, nego misli da je on jedan jedini na svetu. Bednik, on i ne zna koliko se tu njih osobito interesuju za nju i šta bi sve oni dali da je zadobiju i preotmu iz njegovih ruku.

A za onim pisaćim stolom Hristić se i dalje mučio, znojio, kidao, borio. Pero je škripelo i svaki čas nervozno i ljutito precrtavalo ono dotle napisano a lice mu izgledalo očajničko i sve ružnije. Razdrljen, sa onim čupavim grudima, bos i razbarušen, onako napregnut i poguren, imao je puno zverskog.

Najedanput, tamo na ulici, začuo se neki žagor i nešto kao sablja nekako značajno zveknulo o kamen. U istom trenutku žena odbaci vez i, potpuno uverena u onu njegovu duboku i tešku udubljenost, ustade pa se za tren oka stvori kraj prozora. Iz one velike kuće, preko puta, jedan za drugim i u onom raspoloženju koje obuzima ljude kad zatvoreni preko celog dana, stupe na zrak, oficiri su šumno napuštali svoje službe. Ali jednovremeno, munjevito, kao panter, iz onog strašnog stava životinje, Hristić instinktivno jurnu i sam onom prozoru. I sa užasom, tog istog trenutka, uhvati on jedan zavodnički osmejak upućen njegovoj ženi.

On grčevito stuknu korak nazad i preneražen, užasnut kao da se ruši nebo zastade ukočeno, mrtvački. Onda nekoliko trenutaka nastade duboka, strahovita tišina, pa se on uhvati za glavu, i viknu:

— Jelena, i ti pored mene... i ti pored mene to činiš... ja tu... jednoga... jednoga zabušanta, sama si kazala...

Ona sačeka da zamaknu oficiri i sa onom mirnoćom živaca što ledi krv, odgovori prosto:

— Šta ti je, šta ti je, ludo?

— Odvratna, neobuzdana životinjo... jednoga... jednoga zabušanta... pored mene, preda mnom.

Ona se zasmeja satanski:

— Varaš se, ranjen kroz sred grudi, zato je ovde, nije kao ti.

— A ja šta? Šta kažeš?

— Ti? Ti dva puna meseca lečiš jednu ogrebotinu.

Napregnut i nagnut prema njoj kao da hoće da se uveri: je li to zaista bio njen odgovor Hristić se iskrivi, iskezi pa tako nagrđen podiže pesnicu. Zubi su mu cvokotali. Ali ona divna, pakosna i vitka zmija osta mirna, izazivačka:

— Udri! Misliš li da je meni teško preći preko puta?

Od ove poslednje reči do onog momenta kad se Hristić iz druge sobe vratio s brauningom u ruci prošlo je manje od munjinog bleska. On naperi usred čela, ali se ruka ukoči.

— Pucaj! Pucaj! — i bezumna, gorda zver zabaci onu lepu glavu Meduze koja okamenjava.

Bled, ukočen, zinulih usta, sa osećajem neke vrtoglavice i potmulom grmljavinom u ušima, Hristić najedanput ispusti revolver iz one ukočene ruke. Onda se nešto kao hladna mržnja zatalasa na njegovom modrom licu, ali odmah zatim trepavice zadrhtaše pa se ovlažiše i on, poguren, nakostrešen i strašan izađe polako napolje...

Te iste noći, po najcrnjoj pomrčini, pošto pokida i pobaca one zavoje s noge i spakova stvari, Hristić, bez zbogom, otputova na front.

IV

U kupeu za niže oficire jednog vojničkog voza, Jurišić je imao ove saputnike: dve babe šezdesetih godina, jednu grozno mršavu devojku sa vratom iskrpljenim od škrofula, jednu ubrađenu, crvenu i punu ženu sa uspavanim detetom u krilu, jednoga gospodina skoro bez nosa, koji je među dugačkim, koščatim kolenima pridržavao neku naročitu, veliku kutiju od pleha. Jurišić je sedeo do prozora u pravcu u kome se voz kretao. Preko puta njega baba u crnini, kao neka svetiteljka, sa izrazom one besmrtne blagosti opšte majke, rukama nisko i skrušeno skrštenim i glavom nešto malo nakrenutom na jednu stranu; do nje puna žena sa onom žutom kao vosak bebom u krilu. Detetu je drhtala bradica. U uglu do vrata sedeo je gospodin sa onom naročitom kutijom među kolenima i onim običnim izrazom gotovosti da otpočne kakav bilo razgovor, a do Jurišića iskrpljena devojka sa već isušenim škrofulama i pogledom stalno upravljenim kroz prozor, ali tako da se Jurišiću činilo kao da ona stalno gleda u njega. Do devojke sedela je druga baba, sa očima kao u sove, čiji je izgled podsećao na onu ogre, ono čudovište iz gatke što jede decu — prava satana. Ona je, široko raskrečenih kolena, sedela podbočena na visoku, crnu dršku od ambrela. Bez ijednog zuba, sa ogromnim ušima, ona je meljala po ustima maslinke. Levu cipelu bila je skinula i stala na nju sa nogom u čarapi na kojoj je veliki čukalj štrčao kao detinja pesnica. Na glavi je imala onu tipičnu kapu Nemice, sa podvezanom mašnom ispod brade, na kojoj je takođe štrčalo nekoliko dugih, srebrnih dlaka. Obrazi su joj bili kao kuvani škembići, a brčići prilični. I zaista, ona beba, kad god bi se probudila i pogledala u nju smesta bi zažmurila i malaksalo zaplakala. Ona puna žena, majka žutog deteta, držala je u ruci već sasvim mokru džepnu maramu i svaki čas brisala ili svoje obraze ili detinje čelance, pa je redovno ponavljala: „Ovo će mi dete, bogami, umreti na putu." A u kupeu užasna zapara.

Divna, blaga baba išla je u Vrhovnu komandu da izmoli dozvolu za prenos tela svoga na frontu isečenog sina oficira. Zna se tačno da je ukopan u Krupnju, u samoj crkvenoj porti, iza oltara.

— Dođe prvo grob nekoga prote, pa onda moga sina ovako — kaže ona jecavim glasom.

— Pa zašto ga ne ostavite tu, stara? Šta će bolje nego da leži u crkvi?

— E nije tako, dušo. Majka sam. Majčinom je srcu lakše ovako. Preneću junaka kod nas. Mi imamo našu grobnicu, i tu ćemo, kad Bog rekne, ležati skupa.

Ona druga baba, ogre, i sama ide u Vrhovnu komandu. Tamo je njen sin u štabu, oko menaže, a žena mu razvila barjak u Beogradu. Sad ona ide sve da kaže, pa kud puklo.

— Ja ili ona, pa koju više voli. Obadve ne možemo, a nije ona nego sam ja vid'la muku oko njega od ovolicno. Rano, gospođo, ostao bez oca, sami vidite: kako današnja deca to ne priznaju, a ona guja ume fino da se vije oko njega.

Gospodin sa onom naročitom kutijom ide u Ekonomno odeljenje da tamo preporuči svoj patent. To je kastrola, spretno udešena i laka za nošenje, u kojoj svaki vojnik može za sebe kuvati jelo na fitilju. Fitilj je on izmislio. Važan je to pronalazak, ne košta mnogo, stvar neopisano korisna.

— Traže mi i Francuzi i Englezi i Talijani, naši saveznici, svi čuli pa mi traže i velike pare daju. Jure me svuda. A ja velim: sin sam ove zemlje, odavno istina u njoj ne živim, pa je pravo da joj se odužim. Svaki treba da pomaže otadžbini na svoj način, kako može. Ja ovako, jer sam nesposoban, tri sam prsta izgubio u fabrici.

— Kamo da vidim — traži ono čudovište od babe, razgleda onu napravu i vrti glavom. — Biće to neka varancija, a? Ostavite to, gospodine, nema tu ništa bez drva. Ko je još kuvao na fitilju!

Pa oko toga nastaje čitav sukob između pronalazača i nje, te onaj prvi, jako uvređen, tvrdi da smo mi jedan primitivan narod, sasvim nepristupačan civilizaciji, a baba mu preporučuje da onaj patent zadrži za sebe i sam kuva na fitilju. A posle pronalazač naglašava kako razgovor smatra za svršen, ali ga ipak produžuje i jede svoju salamu nekako ogorčeno i osvetnički, sa licem strašno svirepim.

Žena s detetom bila u Beogradu kod lekara, ali nikakve vajde.

— Ko mu je otac, pita me doktor, a ja mu kažem: bandist, gospodine, tambur-majstor u diviziji, proklet da je. E, veli, ne valja mu otac ni dve pare, nije se vladao kao čovek. Znam, reko', i sama. Još od turskog rata upropastio se negde oko Bitolja, pa posle piše, piše svaki dan, a nikako ne dolazi na odsustvo k'o drugi, dok jednog dana, kad nije imao kud, on dođe, i sad: nit' mu valjam ja — a prskala sam od zdravlja — nit' što može biti od ovog kmečeta ovde. Nit' živi jadno, nit' mre. Sad zapomaže i moli za oproštaj: ne žali, veli, pare, ako boga znaš, idi kod sviju lekara. On misli da para tu nešto vredi, samo žalibože; a i te su mu pare proklete: kockarske pare nikom dobra nisu donele.

A za to vreme ogre nestrpljivo melje ustima:

— E, znate šta, gospa — veli ona — da je taj bandist moj muž, ne bi ga majci nikad više zasvirao u njegovu klarinetu. Ovako bi' ja njega.

Pa zgrči svoje koščate prste u kandže, kao da davi.

— Ne svira on u klarinet, on je tambur-majstor.

— U tamburu, u šta bilo, tek ne bi više zasvirao.

Devojka sa škrofulama na vratu i obrazima vraća se iz Beograda očajna. Bila je tamo da traži svoju odbeglu sestru gimnaziskinju, pa sve uzalud. (Ona priča, a uvek gleda kroz prozor kao da će onu svoju sestru ugledati negde na livadi pored pruge.) Priča ona i gleda kroz prozor, a Juršiću se sve čini da njega gleda, i užasno mu neprijatno.

— Jao, jao, šta bi, kao da najednom u zemlju propade, kao da odleti; tako je nestade. Kažem vam: još dete. Istina, lepo je razvijena, puna, a lepa, lepa kao upisana, samo da je vidite... šesti razred gimnazije. Oh, bože, prokleta i ta gimnazija, i kad ode na te nauke.

— Crne joj nauke — upada ogre i naginje se da bolje čuje.

— ...Pa ovaj rat, jurnjava jedna, da bog sačuva. Nije ovaj

svet ovakav bio: i ja sam bila devojka. Pa kažem vam: ja sam joj i sestra i otac i majka, odavno smo ostali tako. Kažem jurnjava, pa samo korzo, i šetaju, tako šetaju do neko doba noći.

— Tako je, tako je — potvrđuje opaka baba. — Tako i ona moja propalica.

— ...Vidim ja: pola sedam, a ona nervozna kao na iglama: o vrti se, o gleda kroz prozor, o šta ne radi. Pa tek šešir na glavu — op, ode negde.

— Isto — prekida je ogre — i ona rđa mene nikad ne pita.

— ...Tako jedan dan, tako drugi, tako treći. Pođem ja, bogami, jedanput za njom. I šta vidim: jedan pravnik, balavac, nema čovek šta da vidi... šetaju se. Ja za njima kroz onaj svet, za njima i šta čujem: sve neke gluposti đačke govore. Dobro je reko', dečurlija k'o dečurlija, da idem ja da gledam svoja posla. Ja radim na mašini i lepo, da vidite, zarađujem. Mogle smo obe divno da živimo, pa i da se obučemo, bogami, bolje nego neke gazdinske.

— Dede posle, dede posle? — vrpolji se nestrpljivo ogre.

— Gde sam ono stala? A ja, jeste. Dok jednog dana nje nema kući: deset, jedanaest, dvanaest — ju, ju, ju — svanu lepo, a nje nema. Kuku meni ojađenoj! Pojurim kao luda, idem tamo-amo, otvaram vrata i zatvaram ih, gledam na prozor, ne znam ni sama šta radim i gde mi je glava. Pođem kroz varoš, a ono same patrole, nigde žive duše onako. Pa već možete zamisliti šta sam sve prepatila. Uvek sam uživala dobar glas, i sad evo ona nesretnica da me ukalja. Sutradan, sedim ja i plačem, kad pogledam: neko ubacio njeno pismo; pogledam ja na patosu, između kreveta i ormana, stoji pismo... žut koverat. Otvorim ono pismo, a slova samo igraju, trepere po onoj artiji. Veli: „Draga moja Nato, ja bez Dušana ne mogu, i mi smo se zdogovorili da živimo u Beogradu. Tamo je velika varoš i niko nas ne zna. Venčaćemo se, ne brini i oprosti, tako je moralo biti. A što svet govori, neka govori." Čekaj, reko', da vidiš da li mora tako biti, pa sednem na voz i pravo u Beograd. Pa sam tamo išla kud god sam znala: i u policije i u redakcije i u hotele i svuda, i ništa — nema pa nema. Sakrio se onaj svet u podrume pa kao da je sve pomrlo. A ja idem, pa mislim: što sad ne gađa granatama, pa neka jedanput i meni bude kraj: šta mi vredi život. Eto šta me snašlo, pa niti imam koga da me posavetuje, nego idem natrag luđa nego što sam otišla.

— Koliko ima godina? — pita važno ogre.

— Pa šesti razred, šesnaest i sedamnaesta.

— E znaš šta, crna drugo, gledaj ti sebe i ostani poštena kao što si bila. A njoj, kad čuješ gde je, pošlji konopac da se obesi. I ti tvome tamburašu, i ja ću mojoj snaji. Svi nek' se obese.

A posle su umukli, jer je put bio dug, a na stanicama se beskrajno zadržavalo. I svi su zauzimali uvek onaj isti položaj, kao kad su prvi put ušli u kupe: blaga baba s glavom nakrenutom na jednu stranu, devojka je preko Jurišića posmatrala kroz prozor, ogre sa očima sove u dubokim crnim jamama neprestano gledala u dete, kome je bradica drhtala, i čija je majka, prljavom i mokrom džepnom maramicom, brisala svoje obraze i ona zapenjena dečja usta na koja su se kupile muve. Samo je pronalazač fitilja spavao s bradom na grudima i patentom među kolenima.

A Jurišić sedi, sluša sve one žalosne istorije po redu, muči se i misli: „Boga mu milog, gde sam ja ovo upao? Eto slušam ja i mučim se. Svakoga od ovih ovde raspinje po neka teška i velika lična nesreća, i samo ja ne bih imao nikakve naročite istorije da ispričam, a mučim se. I kad bi oni mene sad pitali kuda putujem, ja bih morao odgovoriti da idem na odsustvo kod verenice. I svi bi oni mislili da sam ja jedini srećan među njima. Jer šta može biti lepše i prijatnije nego ići verenici?

„A u stvari, čak ni ona blaga baba, svetiteljka ona što su joj sina jedinca isekli na parčad, sumnjam da je od mene nesrećnija. Jer sve one nesreće njihove stoje mi sad skupa ovde u grudima punim suza. Stoje one tu sklupčane u živu ranu koju neki oštri nokti čupaju i kidaju i sva ta suma neizdržljivih muka i hiljade drugih zbog kojih pati ova moja kukavna duša, bije me i ubija nekim težim maljem nego sve njih zajedno. Jer svi oni znaju zašto pate, i svaki od njih nosi svoj sopstven krst, a ja nosim sve krstove, i nikako ne znam da objasnim ovaj moj mračni nemir u duši. Samo osećam da moram da plačem sa svima njima, i tražim sve one što plaču — samo njih svuda tražim. I sve one uspele ofanzive i kontraofanzive, komunikei puni pobedničke hvale, i ovo veliko zatišje, puno podzemne grmljavine, plaši me grozno. Jer, eto, zar su to velike pobede u ovom kupeu ovde pred mojim očima, i u onom do nas, i u celom vozu ovom što me nosi mojoj verenici, i u svima vlakovima što na sve strane raznose rane i sramotu, i tifus i škrofule i liferante i krv i sav drugi užas nad užasima? Jer šta je to pobeda, i može li je danas biti? A mi pijemo u logorima za srećne rezultate, igramo besno, delimo ordenje, zavodimo jedan drugom žene, pretimo i pevamo u onom ludilu osuđenika pred vešalima, a te rezultate vidim ja lepo ovde pred mojim očima, i svaki to može videti ako hoće. Pa i ja pevam, pijem, žderem, igram, i sve radim u nekom bunilu, a osećam dobro kako život plete i mrsi nešto oko mene strašno, nepojmljivo i fatalno.

„Jest, svi bi oni verovali da sam ja jedini srećan među njima. Svi bi oni meni zavideli. Jer, šta? Ja idem verenici. Znači: volim, drhtim od sreće u onoj radosnoj harmoniji bića i sav treba da sam blažen i preobražen onom čarobnom sjajnošću. A je li tako? Jesam li ja preobražen zaista, osećam li onu harmoniju, onaj mir, onaj rajski mir „sreće što plače”? Ne osećam, ni izdaleka ne osećam. Ljubav je ono fino lično oplemenjavanje, ona uklanja one prljave misli, čini čoveka boljim. A ja? Jesam li je oplemenjen, jesam li bolji, volim li je zaista? Volim ja svoju verenicu, to je istina. Ali niti sam bolji, niti plemenitiji. Ne mogu reći da sam postao bolji, jer se čas podižem, čas padam, neprestano padam i podižem se, ali ponekad padam niže, mnogo niže nego ikad dotle, i uvek sam pun onih prljavih misli. Volim ja verenicu. Ali kako? Eto, ubio bih se ja smesta kad bih znao: da za mene od sad treba da ne postoji druga žena. Da ne postoji druga žena, pa to bi bio užas! Kad samo pomislim da interesujem žene, ja osećam kako u meni pridolaze novi talasi životne sile i radosti. Jer ja volim sve žene sveta i slast da ih zavodim najslađe mi je pijanstvo života, i jer svaka ima bar nešto što ona druga nema. A moja verenica ima samo ono svoje, i za ono njeno ja sam se zakačio. Onda ja ne volim. I kad pomislim na brak, ja osećam kako preda mnom zjapi neki crn bezdan u kome bih ja imao da izgubim ne samo ono što volim u njoj, nego sve. Dakle laž, suva, gola, neumitna laž. Jer, niti u njoj ima sve ono što ja tražim, i ja sam toga svestan, niti u meni ono o čemu ona sanja, i ona to zasad ne zna, nego uvek zamišlja da sve to u meni postoji. Pa šta je u stvari? U stvari, to je onaj bitni nagon da se voli, ona osnovna potreba, uvijena u jedno uzvišeno i plemenito osećanje, potreba za onim višim, nežnim i čarobnim snom duše. I tako, zadovoljavam ja tu potrebu od svoga dečaštva, a ona o tome pojma nema, i ko bi znao koja je ona sad po redu koju volim. A u njoj tražim ja sve one što sam izgubio i one o kojima sam uvek sanjao a nikad ih video nisam, i one što su umrle, i one što sam u prolazu sretao pa nikad više ne video, i one koje se još nisu rodile i ne postoje. I ne nalazim ih, i nespokojan sam, i mučim se i mislim da volim, a ne volim. A nju sam sreo baš onda kad sam u drhtavoj, nežnoj čežnji tražio onu pomoć svih žena, onaj vazduh bez koga nisam mogao. I u blaženoj nevinosti svojoj, u svojoj dobroti, ona je požurila da mi onu pomoć ukaže. U mojim očima ona je ugledala sve uzbuđenje one grozne žeđi, i ponudila mi svoje piće. To je slučaj da sam nju sreo: mogao sam sresti drugu i pred tom drugom, onako isto, otvoriti svoja žedna usta da prime njezin napitak.

„Pa sam posle ja, koji nikoga svoga nemam, ili bolje, koji nikoga svoga nisam hteo da imam, osetio da imam nešto svoje, i prigrlio sam to svoje sa onom poznatom sebičnošću vlasnika; i eto tako tačno stvar stoji. I još nešto: kao i otadžbinu i majku, čovek se boji da je ne izgubi, jer zna da bi je tek posle voleo. Dakle ne volim, niti mogu da volim, jer ljubav traži celoga čoveka i poverenje, a ja sam satrven, umoran srcem i nepoverljiv. A osim toga, ne odgovara ni ona svima mojim uslovima, i to zaključujem po tome što sam mnoge njene nedostatke uočio, pa bih čak hteo da je drukče i skrojena. Eto, i noga mi se njena ne dopada, i grudi hteo bih da su joj čvršće. Pa i pored toga! Čak da ima nogu Francuskinje, dušu

Ruskinje, žar Talijanke i čvrstinu naše žene, to ne bi bilo sve. A hteo bih ja onaj mir i da za mene postoji samo ona jedna. I kukam i vrištim, zapomažem, vapijem i tražim onu jednu jedinu na čijim bi grudima hteo da zaboravim sve. Dabogme, sve je laž, i ja znam da je laž, i opet sedim tu u vozu, i sve sam novo obukao, i poklone joj poneo da je obradujem."

I tako sedi Jurišić, muči se, a one mu se mračne vizije nikako ne uklanjaju s očiju, pa pogleda čas na onu detinju bradicu što nekako sitno drhti, čas na ogre, ili redom na ostale. A voz očajno sporo odmiče, i sve ono u kupeu znoji se i stoji onako u onoj zapari i onom položaju užasno istom, pa ga onaj pogled iskrpljene devojke kroz prozor i preko njega prosto pali kao plamen. I satima tako svi ćute, a Jurišić oseća kako je svima njima teško do boga i neizdržljivo, i kako bi neka promena, ma kakva, ma i najneznatnija, trebala već jednom da nastupi, jer će se inače svi onde ugušiti. I svima kao da stoji na licu da tu promenu očekuju, i kao preklinju jedno drugo za tu promenu, ali sve opet ostaje po starom, i malom drhti brada pa im to drhtanje svima ključa u mozak, i sve ih prožima užas kad jedno u drugo pogledaju. A kolena se grozno uštapila, znoj iskuvao obraze, i od onih obraza u ogre napravio baš prave škembiće pa ona zagušljiva i zaparna omorina sve strašnija, dok ona bradica i dalje onako isto podrhtava, i svi gledaju u nju kao da žele da se to bar jedanput svrši, sa tom prokletom bradicom, i kao da im je krivo što mali jednom već ne umire. I Jurišić sve više oseća nemir, pa bi i borbu, i najstrašniju, pretpostavio ovoj užasno istoj atmosferi; sve dok se pred jednom malom stanicom ona devojka ne poče spremati da izađe. Onda tu ona i siđe, a tog trenutka onaj kupe čudno ožive, jer se sve u onom teškom položaju izmeni. Sav onaj izraz užasa najedanput iščeze, i na samom licu one nesrećne majke isečenog oficira, vidljivo zaigra jedan osmejak zadovoljstva.

Pa se, najzad spustila noć, i zrikavci se jasno čuli pored pruge. Kroz tamno i prljavo okno vagona promicali su kao utvare telegrafski stubovi, gumasto drveće i kuće. Sve je bilo snošljivije, pa se činilo kao da i sam voz lakše kliza po šinama. Onda je došla i velika stanica, raskrsnica vozova, i tu je i ona žena s bolesnim detetom ustala, pozdravila se sa svima redom, pa i sa Jurišćem, i sišla da pređe u drugi voz. A čim je ona zamakla, na vratima se pojavila neka druga žena, visoka, lepa i dražesna figura pa je lako pozdravila glavom ne gledajući ni u koga i zauzela ono prazno mesto žene koja je izašla.

Jurišić u njoj poznade ženu Hristićevu, i kad im se pogledi susretoše, on je pozdravi sa onom uzdržljivošću sa kojom čovek pozdravlja kad nije siguran da ga poznaju. Ali žena ljubazno otpozdravi i obradova se.

— Odavno vas nisam videla — reče ona živo. — Kakva promena! Osedeli ste. Kuda ćete?

— Ja putujem svojoj verenici.

— Poznajem vašu verenicu. Nada li vam se?

— Javio sam — potvrdi Jurišić i dodade — Đorđe je ostao u bateriji, zdrav je.

— Zbilja, baš dobro, ja bih vas molila — i ona pokaza da izađu u hodnik vagona.

Pa kad izađoše:

— Đorđe je imao neprijatnosti u komandi?

— Nikakve, ukoliko ja znam.

— Imao je, imao, samo vi krijete od mene. Ali neka, ja

cenim čoveka koji zna da čuva tajne svoga prijatelja. A vi kako, gospodine Jurišiću?

— Pa tako, gađaju nas i gađamo; ubijaju nas i ubijamo. Uvek isto, užasno isto.

— Vi mislite: gađaju samo vas; gađaju i nas u Beogradu. Ja sam sad tamo.

— Verujem da vas gađaju — odgovori Jurišić.

— Čuli ste kako žene sjajno izdržavaju bombardovanje? One su hrabrije od mnogih muškaraca, pouzdano hrabrije — naglasi ona značajno. —Vi to dobro znate?

— Mislim da znam, i znam otkud to.

A za vreme ovog kratkog razgovora ogre je svaki čas povirivala na vrata i onim svojim sovinskim pogledom prosto gutala ženu. Kao da je pred njom njena rođena snaja, takav je tačno izgledao taj strašni pogled koji je davio.

Oni to opaziše pa se izmakoše.

„Tako mi boga", mislio je Jurišić idući za ženom kroz onaj hodnik, „ ja u svome životu nikad nisam video lepše ni odvratnije ljudske životinje."

— Gospođo — reče on kad su stali jedno prema drugom do prozora — ja ne znam da li vam je muž ikad govorio o meni. Ako jeste, onda vam je morao reći da od mene nema uočljivijeg čoveka na svetu. Ja nikad ne uvijam, ja ne znam da uvijam, ja govorim otvoreno. Ako to ne možete podneti, onda se odreknite razgovora sa mnom, i ja ću smesta otići na svoje mesto.

— Ja znam tu vašu osobinu i volim je.

— Dobro. Na koga se odnosilo ono maločas? Na vašega muža, jelte?

— Da, na njega.

— Vi mu se, dakle, prosto podsmevate, pred jednim njegovom dobrim drugom?

— I čega tu ima strašnog? Ja ću vam govoriti prosto i otvoreno, kao i vi meni. Žena koja je verovala u čoveka pa se razočarala, jer on to nije bio, na to ima prava. Čujte, gospodine Jurišiću, ja volim čoveka, ja volim junaka, ja volim... ja volim hrabrost i snagu.

I ona široko otvori oči, pa ga pogleda nekako nepomično, čvrsto-ukočeno i oprezno kao mačka, pogledom u kome se videla sva ona požudna čežnja i strast za snagom. A Jurišić, koji je onog trenutka kad je govorio o svojoj uočljivosti imao čitav plan o napadu i njegov razvoj do sitnica, oseti odjednom kako se sve to zbrka, zamrsi i obavi nekim mračnim dimom i maglom. On oseti, isto tako, da je i ono što je dotle kazao sve slabo i jadno i nekako očajno obično, pa ga obli rumenilo, i on se naljuti na samoga sebe i odluči da više ne gleda u tu ženu odvratne duše, u čijim se očima sijalo tajno, nisko zadovoljstvo zbog njegove zabune.

I zaista, ona je onim iskusnim ženskim duhom, punim pronicljivosti, odmah shvatila šta se događa u duši Jurišićevoj.

— Dakle, ja vas slušam?

— Taj čovek — ali se on još više zbuni i sav porumeni — ...taj čovek — grcao je on — učinio je zbog vas...

I on oseti nešto tako gadno u grudima da se zaguši.

Ali ga žena nije slušala. U onom poluosvetljenom hodniku, u kome su bili sasvim sami, njeno bogato, dražeće i toplo telo, pri truskanju onih kola, primicalo se, odmicalo i dodirivalo ga, i dok se njegove zbunjene reči gubile u onoj ritmičnoj lupi točkova, ona sa drhtavom i strasnom nežnošću ponovi:

— Ja volim snagu.

U onoj mutno-slatkoj zabuni, sa licem koje je otkrivalo sav nemir, Jurišić se ljutio na sebe i besneo: „Ja sam nitkov. Ama šta sam ja to dopustio, gde ja to srljam?" I kad malo dođe k sebi, on ljutito odgovori:

— Ni trunke častoljublja u vama, gospođo.

— Varate se, nego ja volim dete u junaku.

— A ja bezumno volim svoju verenicu.

— Ne znam da li bezumno, i ne znam da li ona vas voli.

— Ja to znam.

— A ja znam...

— Šta znate vi?

I dok je u njemu užasno rasla sumnja, ona se nasmeja koketno i zagonetno, baš kao da je nešto znala, pa se ustezala da otkrije.

— Raspitajte se sami.

— To je samo jedna gadna intriga.

— Možda... intriga...

I njen zvonki smeh zatreperi hodnikom.

A voz je već bio u peronu. I Jurišić, sa besnom novom i dotle nepoznatom uzbunom u duši, ostavi ženu i pođe za stvari. Napolju, na mesečini, usred one gužve, ogre je, piskavim glasom, grdila nosače.

***

— Mili moj — govorila je verenica Jurišiću kad su ostali

sami i grleći ga nežno — onoga dana kad mi je mama rekla da je stiglo tvoje pismo, posle toliko vremena, ceo jedan snop radosnih zrakova rasuo se bio po ovoj sobi i svi su ovi predmeti ovde postali svetliji, miliji, veći. Jedan divan talas sreće poplavio mi je grudi do suza. A kroz ovaj otvoren prozor ulazilo je neko sveže, radosno, rajsko i praznično jutro. Ja sam bila u drugoj sobi i najpre sam zastala da se priberem. Htela sam najpre da zamislim tvoje pismo u svima njegovim pojedinostima: njegovu veličinu, njegovu boju, njegovu formu, pa me je interesovalo gde ono leži, na velikom stolu, na toaletu ili na prozoru. Onda sam dojurila ovamo, naglo otvorila vrata, obuhvatila pogledom celu sobu pa sam ga primetila na velikom stolu, u belom velikom omotaču i sa onim tvojim finim, svojstvenim rukopisom, mili Aleksije.

— Imala sam osećanje da je ono tvoje pismo jedno živo biće s kojim bih ja htela da govorim, da se mazim, da se grlim, da sanjam i prema kome sam osećala neizmernu zahvalnost zato što mi je donelo jedan deo tvoje duše, jedan deo samog tebe, Aleksije. Onoga trenutka kad sam ga otvorila začula su se zvona sa naše crkve i ono moje praznično raspoloženje pretvorilo se u ushićenje, u jedan zanos, u jednu bezumnu sreću kakvu nikad dotle nisam osetila. Onda sam brzo preletela očima preko celog pisma, jer sam htela odmah da saznam njegovu sadržinu. Kao i sva tvoja pisma ono je bilo iskreno, prosto i divno sastavljeno, u njemu je vrila i kipela sva snaga i sva nežnost tvojih osećanja. Ali kad sam iz njega saznala da dolaziš, ah kad sam saznala da dolaziš... Od kad te nisam videla, moj starče, moj mili mladi starče, kako si sed, pa taman, pa namučen, moj jadni, moj dobri, mili moj dragane.

I u onom divnom radosno-nežnom zanosu ona je umilno nastavljala:

— Koliko te volim, koliko te volim. Sad mi se sav život čini jedna divna svečanost, jedan veliki praznik, jedan prostran, prav put sa cvetnim obalama. Sad je tako tiho i lako u mojim grudima. Od tvoga pisma sve mi se čini promenjeno, u svakoj stvari vidim tebe. Da mi je da sam pametna kao ti, pa da nađem nove, nikad nerečene izraze ovom osećanju, ovom blaženom snu, iz koga me ti, je li, dragi, nikad nećeš probuditi, je li da nećeš?

— Pogledaj kako drhtim, kako sva, sva drhtim. Osećaš li kako blistam od sreće? Osećaš li šta si ti meni? Dok si tamo bio i kad god sam pomislila da te mogu izgubiti, ja sam uvek pred sobom gledala strašan bezdan, crn, užasno mračan ponor u koji bih pala, iz koga nikad više ne bih izašla. S tobom ja sam sva u suncu, bez tebe samo pakao i smrt i jauk i mrak. Ti si tako dobar. Ja obožavam to tvoje brižno i veliko čelo puno bora, to milo tvoje nemirno oko iz koga ja crpem svu snagu i svu radost i milosrđe i vrlinu i sklad. I dok si tamo bio ti si morao osećati moj dah, dah mojih najslađih snova i mojih najlepših osećanja tebi posvećenih.

Njene vlažne oči, pune onih plemenitih, čednih suza, što ih samo vatrena ljubav, u onoj blaženoj čednosti i onoj preteranosti mističnih sanjarija, može da izazove, odavale su zaista onu najbožanskiju istinu svih reči što ih je pronašla te da izrazi svoje žarko i kristalno-čisto osećanje. I Jurišić je, sav u jednoj setnoj blagosti i stežući joj meku, bolešljivu ruku, osećao kako munjevito nestaju sve one ružne, nedostojne sumnje što su na putu bezdušno ubačene u onu njegovu tamnu dubinu duše. Pa je milujući njenu bujnu plavu kosu gledao u one bezazlene i pametne oči i mislio: „Ti divno, milo stvorenje, ti zaista znaš da voliš. I u ovom času, u ovom trenutku kad me svojim slatkim rečima bacaš u najlepši zanos, ja bih ti mogao reći da sam ludo srećan. Eto ja te sad volim bezumno. Ali ova duša koju ti obožavaš, ova poludela paklena duša, sva mračna i mutna, plamti sva u nekoj sumnji prema svemu. O jadna, mila moja mala, oprosti mi, jer malo posle ona i tebi neće verovati.”

A ona ga je svojim vlažnim široko otvorenim očima gledala pokorno i radosno i u onoj njenoj zamišljenoj nežnosti pitala:

— O čemu misliš? Proći će, jelda proći će, ovi mučni dani i sve će dobro biti.

— O, ja se bojim, draga, da će ikad proći... Ali te molim govori mi još, govori dugo, reci da će proći, uveri me da će proći, potpuno me uveri da će proći, jer tvoje reči kao neka mlaka, meka struja slatko miluju moju ojađenu dušu.

— Jadni moj.

— Ljubljena moja!...

Tako su onoga prvoga dana razgovarali Aleksije i njegova verenica Natalija, u malom i prijatnom stanu punom cveća, njene već duboko ostarele tetke, penzionisane učiteljke strogih i mudrih nazora, u grobljanskoj ulici. Bez roditelja, od kojih je samo majku jedva upamtila, Natalija je sve svoje detinjstvo i dotadašnju mladost provela pored ove žene, koju je zvala mamom i koja je u svom životu od stvorenja istinski volela samo jedno: svoju rođenu sestričinu Nataliju i od stvari sve moguće knjige na svetu koje bi joj došle do ruku. Pored takve tetke i pored onih knjiga odrasla je i divno se rascvetala

Natalija, da postane prava devojka baš onda kad se Jurišić u onoj palanci nalazio na dvomesečnoj vežbi i kad je slučajno upoznao. On je bio prvi koga je bolje i bliže poznala i sa svojom mladom dušom ušla je ona poverljivo i radosno u onaj život u koji je on poveo. A tetka je zavolela Aleksija zato što je on zavoleo njenu Natašu, njene oči i njen vazduh. Taj čudni mladi čovek bio je njihov zajednički idol. I ta kuća, bez muške glave, dobila je u njemu sve. Duboko u noć govorilo se samo o njemu, o njegovoj duši, očima, karakteru, glasu i stasu, duboko u noć jednom su samo molbom uznemiravale dobrog boga obe žene na kolenima: da čuva njihovog jedinog, da čuva njihovog Aleksija. Njegovo pismo bilo je njihova amajlija, njegova slika ikona, a njihov susret s njim najveća svečanost života. Iz malog cvetnog dvorišta, uvek o velikoj, zvezdanoj, svežoj i mirisnoj noći, tražio se njegov lik na nebu...

Dakle, onaj prvi susret sa Natašom, onoga dana kad je došao, ukloni ono mutno-bolno osećanje što se onda, na onom putu, i na onakav način rodilo u duši Aleksijevoj. Ali, onaj crv koji se bio pritajio pa se jedno vreme činilo da je i uginuo, stade ponovo da se miče probuđen prekomernom osetljivošću i složenim i ukrštenim mislima u savesti njegovoj. Već idućeg večera ležao je on i mislio: „Ne može biti da je sve ono jedna prosta izmišljotina i verovatno je da žene sve znaju jedna o drugoj. Zakopani tamo u onoj zemlji i slepi za ovaj život kojim se živi u pozadini, mi smo gotovi da poverujemo čim se žena, sa onom njenom urođenom moći da obmane, stane prenemagati. Jest, jest, ona žena pokvarene krvi možda nešto i zna. Samo od koga bih ja ovde sve to saznao, i kako bi to gadno bilo da se ja o tome raspitujem. Dakle ostaje da sumnjam, da tu sumnju nosim u sebi, da se mučim kao najbedniji nesrećnik, a ja to ne mogu izdržati... A, možda, ništa od svega toga i nema, i samo sam ja jedan nitkov, jedna pokvarena duša kao i ona žena, pa sumnjam po nekom svom urođenom nepoverenju i kaljam onu lepotu nad lepotama. I to će biti sasvim moguće i ništa drugo ovo i nije nego ono tiranstvo instikata, jer je i onaj moj otac koji me se odrekao, isto tako, u onom svom primitivnom varvarstvu, gadno podmetao svojoj ženi. I ja se svega toga dobro sećam, pa sam se onda gnušao jer je on to činio i u starim svojim godinama, a sad evo i ja sam pošao istim onim prljavim tragom. Gadno je to sve i užasno odvratno kad se samo setim da je on onda, preda mnom, kad se pijan kući vraćao, zagledao u ormane, ispod kreveta, iza ogledala i svuda na užas one jadne žene koja se smrzavala od stida pred sinom.

„I sad se ljutim i ja što se verenica moja razgovara sa drugim nekim čovekom na ulici, što šeta u parku, ide na koncerte ili tako šta. A taj čovek što je s njom govorio moguće je neuporedljivije čistiji od mene. Eto gnjuram se ja po bezdanu moje prošlosti pa me otud vulkan prljavštine i smrada zadahne i zaguši. Ni u sedamnaestoj godini nisam više bio čedan. Užasno mi je i kad se toga setim i nikad nikoga drugog ne mogu zato kriviti do onog bednika, oca mog rođenog.

„Nema tu, veli, doveka za ruku, niti je Beograd preko sveta, promuči se, brajko, muni se, prođi, vidi sve, pa nađi i gde ćeš stanovati i drugo. Ni mene moj otac nije vodio, nego štap u ruke, pa onako bez para...” Pa jest, šta sam mogao drugo, plakao ulicom i tražio one cedulje „stan za samca”. I lepo sam, bogami, našao jedan takav stan za propadanje, pa mi i sad sve smrdi kad pomislim na onu debelu, znojavu ženturinu u fesu, što je posle nedelju dana ušla u moju postelju da vidi „šta radi i da li spava njeno pile". Jao meni, sve mi te crne i prljave slike izlaze na oči. I ono isto prvo veče, kad se sve nešto upljuvano, gadno i smrdljivo, stalo razvlačiti i lepiti po mojoj detinjoj duši, te ni posle godinu dana, kad sam kući došao o raspustu, nisam smeo da zagrlim majku, jer sam sav onaj gad osećao na sebi, užas imao od onog greha i one prljavštine i bojao se da ono čisto i sveto stvorenje ne uprljam.

„I puno bi imalo onih prljavština da se pronađe po onom bezdanu, samo šta mi sad vredi sve to tražiti. Zaista, sve je to, po sto puta, gadno i odvratno, ali sam ja to grozno ispaštao i sad ispaštam i onda je odvratno i to: da se ona, dok ja tamo umirem u onim užasima, ovde provodi. Ne računam ja tu ljubav ni u šta, kad mi ona ne daje ono savršeno spokojstvo i mir, koji sad potpuno zaslužujem. I nikakve naivnosti i sitnice u tome ne dopuštam, niti tu može biti sitnica, već je sve krupno, sudbonosno i neoprostivo. Jer sva ona, dužna je i mora da pripada meni i pogled jedan poklonjen drugom nije drugo nego zločin. Ništa tu drugom ne sme da pripadne, jer je ona žena, te kad pripadne malo onda je pripalo sve i to ponižava onoga čije je. Sve je dakle laž, sušta, gola laž. A ono je samo jedno prenemaganje da se umiri savest, možda čak iskreno onog trenutka, jer nije čovek sav i uvek nevaljao. Ali je sve u tome pripadati sav, ceo kad se pripada. Pripadam ja sav ovom ratu, a to je teže i tu je sam život u pitanju, a onde nije u pitanju život. Sve je laž i svemu tome valja jednom učiniti kraj. Spokojstvo, mir, to je sve, i drugi neka traži svoju sreću. Jest, drugi, a ti, Jurišiću, glavo, upamti, ti nisi ni rođen da u nju veruješ i da se u nju nadaš.”

Sutradan, onako neispavan i umoran, nervozan i rastrojen, Jurišić, nespretno i grubo izazva raspru. On reče da zna sve, apsolutno sve, da se javno, čak po vozovima, pretresa o njenom provođenju, da se sve smesta mora još odmah isterati na čistinu. Pre svega moli je da ga ne prekida, a posle neka govori i on će mirno slušati. Mislio je da celu stvar ostavi za docnije, ali oseća da ne može otputovati pre nego što čuje njenu odbranu. Njegov život, inače mučan i čemeran, nije zaslužio ovaj podmukli, mučki udarac. I to mučki udarac od one, u koju je on gledao kao u svetinju. Neka mu oprosti, ali on to neće trpeti. Nove naravi koje on vidi da se uvlače po našim varošima i u naše odnose posle rata, on odlučno ne prima. On je čovek staroga kova. Njega je, naprotiv, rat popravio, učinio boljim, čistijim i njoj odanijim, pa je on to s pravom očekivao i kod nje. I čudi se, zgranjava se šta je to s njom za koju zna da je nekad prezirala sve ono u čemu, izgleda, sad najviše uživa. On će je, dakle, saslušati mirno i odrediće se.

— Moji su živci već sasvim iskidani, pa sam dužan sačuvati bar ovaj bedni ostatak. Ja moram pomišljati i na sebe.

— Mili, o čemu to govoriš, ama šta ti to govoriš? — smejala se Nataša za sve vreme i htela da ga zagrli.

— Ne, ne vredi, ne vredi tako, brani se — vikao je Aleksije koga je njen smeh dražio do besnila.

— Od čega, mili? Pa šta to? Mili, polako da ne čuje mama!

— Brani se, brani se — izbezumljeno je ponavljao Jurišić. — Neka čuje ko hoće.

— Ubilo bi je, nju bi to ubilo. Polako, mili, polako — molila ga je skopljenih ruku.

— Dakle, ni jedne reči nemaš?...

Ona zausti da nešto kaže ali ućuta.

— Ne umeš da se braniš, znači kriva si.

— Kriva?

I najedanput neka čudna senka, kao munja preleti preko lica Natašinog, a na njenim slepim očima odskočiše nabrekle plave vijuge. Ona se uozbilji:

— Ja vidim, tebi je do raskida? — reče ona.

— Jest, do raskida.

Pa jedan plamen odlučnosti buknu na njenom licu:

— E, pa neka bude kad tako hoćeš. Samo ovo: mama nikad ništa ne sme doznati.

I pogruženo, kao da izlazi iz crkve, ona napusti sobu. Onda iziđe iz kuće i sede na klupu pod velikom senkom drveta u avliji. Sunce je krvavilo. U sunčanoj magli vazduh je još drhtao, a na cveću sunčali se leptiri...

Te iste večeri, u jednom praznom kupeu brzoga voza, Jurišić je plakao, sa maramom na očima. I, tog časa, u tom plaču i u onoj čudnoj i tajanstvenoj snazi stradanja, on je uživao. On je uživao što je namučio drugog, a još mnogo više, što je namučio sebe.

V

Onda se onaj ogromni, više nego polukružni obruč fronta, zategnut i napet od Đevđelije pa preko Timoka, Dunavom, Savom, Drinom i do Sandžaka, i održavan takozvano kordonski da se ne bi napustila „ni jedna jedina stopa svete zemlje", pod prvim udarcima onog kombinovanog napada sa severa i jugoistoka, najpre očajno rasklimatao, pa onda prskao dok se nije sav razbio te je sve najedanput otišlo u sunovrat. Jer se nije htela napustiti ni jedna stopa zemlje i ako se i osećalo i znalo da se nad njom, sa raznih strana, nadvija ogromna i neodoljiva opasnost, pa se moralo napustiti odjedanput sve, i od one dve velike reke pa do jugoistočnog graničnog fronta topile su se u smušenim marševima čitave, nikad brojno jače, divizije baš onda, kad je glavnim napadima rešavana sudbina velike i odsudne bitke.

I tako je onaj gordi i neobuzdani jež, koji je upalio sve i toliko jada zadao svima, uzmicao koprcajući se i kotrljajući strmoglavce na svojim bodljama, koje su mu u tom kotrljanju sve više otpadale ili upadale u njegovo rođeno meso, dok se nije, sav izmrcvaren, onako sa onom uvučenom glavom, koja ništa nije videla, našao pred klancima albanskim.

Pred jednim od onih turskih lučnih mostova, pod kojim

je u prljavoj peni muklo hučao Drim, ona najodvratnija reka na zemljinom šaru, u suton onog novembarskog dana kad je poslednji zaštitnički odred imao da pređe s one strane, i da napusti poslednju stopu zemlje, ljudstvo jedne poljske baterije ćuteći je ukopavalo četiri svoja oruđa u obalu jedne papratom i niskim žbunjem pokrivene padine. Pa kad je rupa i za poslednje oruđe bila iskopana, onda komandir, a za njim dva vodna oficira, priđoše i celivaše izlizane cevi. Za njima redom, jedan za drugim, poljubiše onu cev i vojnici. Onda oni sačekaše da se oruđe ukopa, pa, dok su vojnici brisali oči rukavima svojih izgorelih koporana, oni odoše na onaj veliki, bez ograde i kao staklo klizav most, da nadgledaju prelaz konja. Ovaj dozlaboga rizičan prolaz, vršen po klizavici, na najvećem mrazu i ledenom vetru, zadavao je besprimerne napore. Iskolačenih očiju, sa kopitama obavijenim krpetinama od sargije, uznemirena životinja ustručavala se da nagazi na most, i njušeći po zemlji sasvim savijene glave, frktala je nozdrvama, kopajući nervozno u one krpetine uvijenim kopitama. Onda bi, klizajući zadnjim raskrečenim nogama, u onoj zbunjenoj napregnutosti i strahu, unezvereno zastajala i tek, podsticana onim bučnim uzvicima, vikom i psovkom mase gledalaca oko mosta, panično pojurila napred, vukući za sobom svoga vođu što je jednom utrnulom rukom čvrsto držao podbradak ulara, a drugom se oslanjao za zemlju. I tako, posle svakog prelaza, dok je ona životinja sa začuđeno-žalosnim pogledom drhtala s one strane, s ove ovamo, odahnuli gledaoci spremali su se za novu napregnutu strepnju. I tek kad bi zategnutost nerava postala neizdržljiva, prelaz stoke bio bi obustavljen, pa bi pešaci ili izbeglice, onako isto sa uvijenim nogama, po četiri ispod ruke, gledajući preda se i drhteći kolenima, prelazili preko mosta. Posle su došli na red mitraljezi i četiri prva konja pređoše mirno. Petoga, nekog nemirnog alata, oprezno povede sam podnarednik, vođa odeljenja. Ali konj zastade i ošinut snažno tesakom po sapima uzjoguni se još više i osta kao ukopan. Tada čovek izvadi iz nedara neki dugački, prljavi peškir pa životinji, na kojoj je drhtao svaki nerv, zaveza oči. Poterana, posle toga, ona krenu mirno do polovine mosta, a tu, na samom vrhu luka, najedanput zastade i odmah kleknu prednjim nogama koje se okliznuše. U tom trenutku hiljadu besmislenih uzvika zaori se oko mosta. Oni su hteli da skrenu pažnju ali zaglušiše čoveka. Zbunjen onim urnebesom, ne znajući šta čini, on stuknu korak nazad, pa svom snagom, vrhom one svoje čizme, udari kleklu životinju u slabinu. Ona pokuša da se uspravi, grčevito se odupirući i trzajući, ali ne uspe. A drugim, izvanredno svesrdnim naporom ona se podiže i munjevito i očajno prope; ali, u isti mah, nenadno i nespretno omače zadnjim nogama i, otisnuvši se grozno i grunuvši grudima u grudi onog čoveka, sruči se zajedno s njim preko ivice mosta u onaj bezdan. Čovek koji je poleteo prvi, kao neka bačena krpa, pade u vodu i potonu. Životinja, nad kojom se vijo onaj s očiju odvezani peškir, pade na isto mesto, potonu, ali prva izađe i ponesena onom bujicom, iskolačenih očiju i raširenih nozdrva, jurnu niz vodu. Onda voda izbaci i čoveka, koji pun užasa, zagušen nekim ružnim krikom, zamlatara nekoliko puta rukama pa se ponovo izgubi.

U tom istom trenutku jedan od one trojice oficira, ne is-puštajući nikako iz vida mesto gde se ona glava izgubila, smače brzo čizme, odupirući snažno mamuzu o vrh prstiju, onda zbaci šinjel, bluzu i kapu pa se kao strela sjuri na obalu.

Trenutno zanemela, obala ponovo zavriska iskidanim, burnim i besmislenim uzvicima.

Onaj oficir uđe u vodu pa je gazio uspravno presecajući je snažnim butinama. Onda zagazi preko pojasa pa razmahnu džinovskim laktovima levo i desno. Tek kad uđe do ramena on se najedanput povi unapred i odmah zatim njegova se crna kosa sa širokim belim vratom izgubi u prljavoj peni talasa. Ščepana onim uzburkanim valima, mutnim i ludo brzim, podižući se i spuštajući kao lopta, ona se glava najednom visoko izvi i usred onog penušavog i burnog vrtloga, zadrža, zatrese i nepomično učvrsti nasred vode. Pred njom, unaokolo, razbacano tamo-amo, štrčalo je mokro i oštro kamenje o koje se, u vrtoglavim kolovratima, razbijali oni zaduvani prljavo-sivi i penasti talasi. Tada se glava zagnjuri i iščeze u onoj peni. Na obali se srca zgrčiše. Međutim ona brzo izbi, strese se, zadrža malo nad vodom održavajući se rukama pa je opet nestade, ali zadugo. I najedanput silno, pobednički, visoko uzdignuta i zabačena izbi ona ponovo iz one dubine, vukući za sobom onu nesvesnu mokru masu, pa stade seći ka obali mazno povijena na jednoj ruci.

Obala zavriska kao u ludilu. I dok je Drim hučao između klanaca i uzvici se gušili u onoj ludačkoj huci, on, sav crven, zaduvan i mokar, izlazeći na obalu, odbaci onu još živu masu na pesak, pa iščeze...

Idućeg dana, marševa kolona ovog istog zaštitničkog odreda pentrala se iznemoglo uzbrdnom putanjicom jedne od onih kota, čiji najveći vis, ona jedinica što pred njom maršuje, nije smela napustiti do dolaska njezinih prednjih delova. Ali tako nije bilo. I zato, kad se prethodnica zaštitničkog odreda približi, ona bi dočekana žestokom vatrom sa onoga visa. Onda se tu razvi živa borba, jer se vis morao zauzeti što pre radi uspostavljanja one prekinute veze između trupa. Ali uporno držanje gospodara visa onemogući nastupanje. Trebalo ga je obići i pojaviti se u bok ili pozadinu upornog branioca i to je bio jedini spas. Zato se odrediše odeljenja. Ova odeljenja, idući nogu pred nogu, iznurena i bez volje, pređoše jednu rečicu, pa pođoše mileći uz breg, strm kao zid. Ali dočekana vatrom, onako iznemogla, pokolebaše se, zastadoše, pa najednom okrenuše nazad. Oficiri štaba kad ovo videše skameniše se, pa onda zabrinuto podigoše doglede onamo na vis, po kome su, hitri kao veverice, pretrčavali visoki i tanki gorštaci.

Tada komandant odreda skide dogled s očiju pa pogleda ispitivački po oficirima, kojima je bio okružen.

— Gospodo — reče on — ima li koga ko bi dragovoljno...

Jedan oficir podiže ruku i pozdravi:

— Dopustite meni, gospodine pukovniče.

— Vi? Pa vi ste umorni od juče.

— Dopustite...

Pa se smesta okrete i uputi svojim vojnicima.

— Kapetane, ja ne bih hteo da se vi ludački izlažete... budite vrlo oprezni.

Ali oficir to i ne ču i malo posle, pošto odabra vojnike, izgubi se u jarugama...

Toga dana odred ne krenu ni stope napred. A sutradan borba ponovo uze velike razmere, pa i pored toga, onaj vis, kao neka grdna mračna tvrđava od crnog stenja, osta uporan i zadugo nepristupačan, napadnim odeljenjima odreda. I tako su prolazili časovi. Ali najedanput oko podne vatra stade slabiti s ove strane i halakanje onih na visu gubilo se sve više na suprotnoj strani. Neko nenadno komešanje bilo je očevidno i zato napadna odeljenja učiniše jači pritisak i krenuše napred. A malo posle vis je bio prazan i tako odred pređe u marševi bojni poredak, žureći se da izbegne napad s leđa.

Kad je prva pešačka patrola, s one strane visa, prešla borovu šumu pa izbila u jednu dolinu koju je vijugavo prosecao brz, pun ilovače i crvenog šljunka, potok, ona na tom potoku, za-mućenom krvlju, ugleda jedno belo, do pojasa potpuno golo telo sasvim razmrskane glave. Ova patrola zastade i zagleda ono telo, pa se prekrsti i ode dalje zverajući unaokolo.

Zatim, kolonom po jedan, naiđe odredska prethodnica i tako redom. I tek kad naiđe štab jedan oficir, koji je jahao napred, siđe pa se nagnu prema lešu.

— Oficir — reče on.

— Otkud znate?

— Znam, ordonans oficir, održač veze.

— Vidite bolje, vidite bolje, skinite medaljon!

— Nema medaljona. Ovo je...

— Šta kažete? Vidite na ruci!

— ...vodnik pete baterije.

Na štab koji je zastao najaha mitraljesko odeljenje, pa ono ljudstvo baterije bez topova.

— Krećite napred! Prolazite napred!

Na razmrskanoj glavi sa licem okrenutim zemlji, belio se širok snažan vrat ispod krvlju ulepljene, crne i kudrave kose.

Neki vojnik priđe sasvim blizu, nakeži se i zinu, ali ne izgovori što je počeo. Posle se počeša po kosi, pribra i reče:

— Gle, ovo naš vodnik!

Komandant zovnu komandira pete baterije.

— Vaš Hristić? Zacelo? Vidite tačno!

Onaj skoči s konja, naže se pa zagleda:

— Nažalost, gospodine pukovniče!...

— Bio je dobar?

— Odličan, gospodine pukovniče, i kao čovek i drug i kao vojnik, odličan je bio.

— Prolazite! Prolazite!

Na začelju se puškarale patrole i parajući fijuk zrna odjekivao je dolinom.

— Zar ovako da ostane, gospodine pukovniče, neukopan?

— Ni pomisliti. Zar ne čujete za nama?

Pa komandant obode konja koji ustežući se i frktajući prođe lešinu.

I kolona po jedan produži put.

Samo Jurišić, gologlav, bled, nabranog čela i zgrčen osta onde... A kad stiže zadnja patrola i on obode konja. Na zavijutku okrete se i baci još jedan pogled. U ilovači, na crvenom šljunku, videla se nepomična, bleda silueta njegovog Hristića.

VI

One noći kad je Jurišić bez ičijeg znanja, u nekom pustahijskom nastupu, napustio vojnike i bateriju i front i sve poslao do đavola pa na konju pojurio negde ka Solunu, odakle je, pošto je već bio izmakao punih trideset kilometara, skoro silom vraćen natrag, stvar je ovako tekla:

Jurišić je sedeo u svojoj zemunici sa laktovima između kolena i ukrštenim prstima, pa je tako sagnut gledao u zemlju. Dole po suvoj, peskovitoj zemlji, odnekud baš ispod njegovog poljskog kreveta pa tačno sredinom zemunice ka vratima, milela je jedna tanka, vijugava i crna kolona sasvim sitnih, na prvi pogled i nevidljivih, mrava. Ovi mravi, vijugajući brzo, nečujno i vešto obilazili su jedan drugog i kao važno hitali negde puzeći i kotrljajući za sobom sasvim sitan, fini i perlast pesak kojim je nepatosana zemunica bila posuta i koji se prelivao. Pa se ona tanka kolona, dokle god se dobro ne zagleda, činila kao da mili u jednom istom pravcu, tamo ka vratima. Ali je Jurišić na to bio obratio naročitu pažnju i uočio: da se ona crna kolonica upravo komeša i izmotava na jednom istom mestu. Ide tako nekolicina među njima, uputili se bajagi važno negde i Jurišić ih bodro prati i sleduje im, a oni vijugajući obiđu one što im idu u susret, očešu se o njih ili ne očešu, i tek se najedanput užurbano vrate natrag. Pa se to vrzmanje ponavlja neprestano tako i Jurišić ne može da primeti ni jednog jedinog među njima koji bi s jednog kraja stigao na onaj drugi.

Gleda on to pa se muči i krivo mu je što se ta kolona jednom već ne prestane izmotavati, te ili pođe sva tamo pod krevet ili ka vratima, kuda se njemu čini da treba i mora da bude smisao i cilj onoga pokreta. Utoliko pre što su ona vrata širom otvorena, a osim toga tamo je svetlost pa je prirodno da se tamo upućuju. Ali kolona neprestano po starom, ili se tako njemu čini, komeša se u mestu, koprcka, preskače one perle i svi oni pojedinci na koje on obraća pažnju polaze i vraćaju se, šaraju tamo-amo i vrzmaju se, a ovamo sve izgleda da žure. Ili se susretnu, zastanu, pogledaju se onim glatkim tačkicama, zamrdaju trepljivim vlaknima, te se čini kao da se nešto sporazumevaju, pa opet produžavaju ono vrzmanje. Tako uvek, i taman on pomisli sad su se sporazumeli i krenuće svi jednim putem, a oni opet po starom.

Ide to tako neprestano te on oseća kako mu se zbog ovoga počinje da muti u samoj glavi i kako se onaj živ crn konac pred njim, onaj vijugavi crni crv, kao penje u sam njegov mozak i tu počinje onako isto da radi i da se komeša. „Boga mu", mislio je Jurišić, „šta ovi ovde rade? Šta se ovi ovde vrzmaju? Šta je sve ovo? Nešto se sporazumevaju, a opet sve ide kao pre i, koliko god gledam, ja ne mogu da vidim baš nikakvog smisla ovom njihovom pokretu. A sve je to dole jedan svet. I vere mi moje, taj svet nikakve pameti i razuma nema i ne zna šta radi. Pre svega, on ne zna jednu osnovnu stvar: da je ovaj put, kojim on ide nesiguran. A to je najvažnija, životna stvar za njega. Nesiguran je, jer je tu dole pod mojim nogama. I eto, i ne znajući i nenamerno ja ga najednom mogu uništiti; njega, taj mali svet, koji ne zna, ne sluti i ne oseća da neko ogromno jači stoji nad njim, niti sanja u kakvoj se smrtnoj opasnosti nalazi. I živi, miče se, muva tamo-amo i šeprtlji nešto dole pod mojim nogama."

I Jurišić se sve više muči i ljuti što ona jogunasta kolona jedanput ne izlazi na vrata, i oseća oko sebe puno nekog crvljivog gmizanja. I to gmizanje oseća on najviše u mozgu pa bi hteo da učini kraj onom vrzmanju i onom komešanju i da onu kolonu dole rasturi nogom, rastrlja je i izmrcvari. I naposletku, vidi on da drukče i ne može biti i da ne može da se uzdrži, pa uzima odnekud metlu i celu celcatu onu kolonu, jednim samo mahom, izbacuje načisto napolje, i tek se posle toga zadovoljnije i nekako odvažnije oseća. „Eto im sad reda", misli Jurišić. „Samo što bi sad takav isti red trebalo i u glavi napraviti. Sve je u tome da se sav ovaj kalambur u glavi jedanput ovako raščisti, pa da čovek onda tačno zna na čemu je. Jest, kakav je skandal cela ta glava i taj mozak kad evo dve godine od kad sedim ovde ne mogu da budem načisto: šta je sad sa mnom u stvari, na čemu sam ja, i kad sve one razne crne kolone što se po njoj neprestano vrzmaju, i gamižu ne mogu da dovedem u red. Jest dve godine pitam se ja stalno: treba li da ostanem tu i punim ove topove ovde ili da dunem i be-straga daleko negde od njih pobegnem? A godine prolaze kao glas i ne može čovek celoga veka, kao svi mravi ovde, polaziti i vraćati se.

„Dakle ima jedna stvar pre svega. Tu u ovim žilama ključa neko nasledno ubojištvo, tu je nešto davno posejano i to je ono glavno iz čega se ova krv sastoji, osnovica ovoga bića, i onda šta bih ja tu imao da se obuzdavam? Mora, valjda, imati nekog smisla to seme što je tu, jer je tu, i ja nemam šta da mislim nego lepo da punim i dalje ove čeljusti što zjape uperene na onu stranu i da gađam tamo, da gađam, da gađam dok se sve ono brdo ne pretvori u prašinu. Zašto? Zato što ima neki princip da se ostvari i ja sam tu da na tome principu radim i da za taj princip umrem. Jer kud bih begao ja od onih instinkata i onih dedova-ubojica? Dakle, eto, tako kaže jedna metla.

„Ali koji su to dedovi što me muče. Koji su tačno? Eto, je li taj ded moj otac? Gledam ja njega sad, kao da stoji tu preda mnom, smeška se i priča: kako je njemu rat bio brat. Budalama, veli, on je rat, a meni je uvek bio brat. On je u ratu, veli, udario temelje, pa je posle samo dodavao ciglu po ciglu te sad može da živi kao čovek i da se nikad ne uznoji. Znao je on šta radi i svaki pametan čovek zna šta treba da radi. Onaj koji ne ume da podvali podvale njemu, veli. „Igram ja karte s komandirom pa namerno gubim i uvek u šlagi onaj „bolji”, a ja stalno na odsustvu i sitničarim tako i bakališem pa ostavljam paru na paru.”

„Lepo, eto, to je moj ded. Dakle taj ded ovako mi piše: čuvaj se, jer ako se sam ne čuvaš, niko te čuvati neće, pa ako se vratiš oprostiću ti, a ne vratiš li se znaću da si bio veliki budala i sav će moj znoj otići drugome — a ovamo sam kaže da se nikad nije znojio.

„Dakle, čuvaj se, a ako se ne vratiš: znači da si bio budala. E dobro, to je jedan deo krvi u ovim žilama i on je sastavljen od bakalnice, od „šlage”, od krive mere i od interesa na interes. I mnogo od te krvi struji u ovim mojim žilama. Ali ima i one druge: Idi, veli, sinko, i bog nek' te čuva, a ti čuvaj obraz i budi junak. Eto ima i te krvi majčine.

„Sad, kakav sam ja kačamak tu ispao? Ja uočavam i razbiram ovde neke sastojke i seciram ali ništa ne mogu tačno da odredim, samo osećam da se ona bakalnica smrtno bori sa onom smežuranom staricom i da tu još neke nove, čudne mešavine ima. Opet stoji ona njegova slika preda mnom. Bogami je rob od glave do pete. Vlast, veli, počituj, svaku bez razlike, a ako i đavola moraš moliti moli ga, klekni na kolena, ništa ne misli, moli ga, razumeš. I zaista klanja se on pred svakom vlašću, a ja gledam i mislim: boga mi moga, ovo je neki nečastivi. Evo ovu pandursku krntiju treba postaviti negde pred kancelariju i samo zato je ona došla na ovaj svet: da prekrsti ruke i sa naćuljenim ušima čeka kad onaj iznutra naruči kafu, pa da onu kafu odnese onako poguren i vrati se na prstima i natraške pred vrata. Eto ti oca. A posle ono drugo: „Čuvaj obraz, sinko!" I sad šta? Ja sam njihov sin, a praunuk sam jednoga kiridžije. Pa šta ja hoću? Raspinjem se nešto i kidam u nekoj umnoj napetosti i stalno bi hteo da idem, putujem i da se pentram po onim vrhuncima stvari. Ja hoću o ja hoću, ja moram da idem po onim vrhuncima stvari, i sve me nešto tamo neodoljivo gura, a vidim skučen sam, jadan i slab sam za to i pun sam one mizerne krvi pandurske i onih odvratnih, nesvesnih i kiridžijskih nagona koji su već postali moja duševna navika. I u sav onaj mračni stroj mojih instikata, osećanja i strasti ja ne mogu ni da prodrem, nego, umesto toga, osećam samo neko jadno mozgovno vrenje, dok se u duši sve nešto zgužvalo i ispremetalo. I mrvi se nešto u meni i plače i rida i glas neki čujem kako mi šapuće, a ništa ne razumem. Jao meni, kakav je skandal taj moj razum kad on ne zna, da me nauči prosto jednu stvar: smem li ostaviti ove topove.

„Jer, evo, šta su mi krivi oni ljudi na koje bljuju smrt ove ovde cevi! Ništa. Eto silom se meni impoziralo kao apsolutna istina: da su oni krivi. I ove cevi ovde preda mnom bile su ta apsolutna istina i trebale da služe onom principu. I svi ovi ovde oko mene uvereni su još: da su u posedu te apsolutne istine, te svu ovu pustoš gledaju kao nešto prirodno, stvaraju je i učestvuju u njoj svim silama. A ja pocepan sav trnjem i kupinama onih iskušenja naslućujem nešto kao pojam o sveopštosti i celokupnosti i svakog dana opijam se sve više i više pićem ove, čini mi se, najlepše i najdostojnije od svih ideja.

„Eto, stešnjen sam ja ovde među ovim stenjem i pećinama, te sve manje mogu da vidim, jer i neba dovoljno nemam. I skučen tako bez neba i vazduha maglovito osećam: da sve ovo šta mislim nisu prave misli nego neka priviđenja misli, i da ova moja mesožderska duša samo nešto sluti, a jasno ništa niti može da zna, niti može da hoće. Sluti, ona, na primer, da je od svega ovoga što se radi u ovom grozničavom krtičnjaku dole, jedino dobro ono što je ona naša velika sestrušina Rusija, svršila. Tako mi boga jedinoga samo je ono dobro, a sve ovo drugo je ništa. A ja ne znam upravo šta je sve ona radila, samo osećam: da je neko veliko, i široko čišćenje bilo i da se tamo htelo da čovečanstvo više ne mili. Ali i to što meni izgleda dobro u onom tamo mističnom užasu samo je jedna koještarija, jer se meni čini, da svi oni što traže neku sreću sveta treba jednom od svega toga da dignu ruke.

„Živim ja neprestano s ljudima zajedno i svi mi ovde

trebamo jedan drugom i preči smo od najrođenijeg. I gledam ja njih godinama: svi su oni rđavi. Jest, svaki je rđav i svaki je zaslužio da grozno ispašta, toliko je svaki od njih zla od rođenja počinio. Pa je onda smešan svaki onaj što zapinje da umanji i ublaži nečije zaslužene patnje. Možda treba sve da ide kako ide. I zar menjati sve radi nekolicine koji nezasluženo pate? Laž je onaj Ivan Lande makar bio Rus, laž je od glave do pete. Ali i da nije, on bi bio nagrađen i bez nas. Ko bi ušao u sve ono tajanstvo stvari, ili ko ne vidi i ne oseća onu ruku koja sve reguliše, ona što nas miluje tačno „prema danima u koje nas je mučila i prema godinama u koje smo gledali nevolju". E pa na kraju krajeva nov čovek i neće biti onaj neustrašivi pobedilac zla i nepravde, taj ipak pozitivan i praktičan duh što poziva na „delo" dole. Nov čovek biće onaj spokojni, uzvišeni, tihi čovek ponosit bolovima. Što oni bolovi strašniji, to on gordiji. Sa srcem plemenitim u preziranju svega niskog i malenog, on će žaliti one odvratne, neobuzdane „javne" životinje, što ne mogu da ga osete, sve one borce ma za šta jednoobrazne i ambiciozne, što su svuda isti i liče na one idiote skupljene po duševnim bolnicama, ošišane kratko, unezverene, sa istovetnim, bezizraznim licima. Jer sve je sitno boriti se dole i jer što veći bol to veća sreća izabranoga. Dakle, sve neka ide kako ide na ovoj pegi dole na kojoj se miče i za ovu sekundu za koju se živi."

Tako je mislio Jurišić i sedeo na svom krevetu u zemunici, pošto je one mrave iščistio. A napolju grozna omorina i mračno, na oluju natušteno nebo mučilo se nad frontom. U menaži, pod hladnjakom od osušenog granja, raskopčani i zajapureni, prepirali su se oficiri, pa se prgavili do besnila što se više, gore nad njima, nebo mračilo i mučilo. Govorili su opširno o majkama podvodačicama na Krfu, pa o Crnoj ruci i Beloj kuli, o francuskoj pevačici što božanstveno peva *C'est la valse brune*, o rđavoj menaži koja mnogo košta (a tu prisustvuje i šef menaže i pravi se lud), i o nekom pešaku što se sam ranio pa su pominjali i Hristića. I oko toga se razvila pomamna svađa, i ako su svi tvrdili jedno isto: da se Hristić mogao oprati jedino na onaj način koji je sam izabrao. Stvar je samo u tome što se oni njegovi podvizi ne mogu smatrati junačkim, jer su one docnije vrlina negativnog porekla.

A Jurišić sluša iz svoje zemunice kako se oni iskreno zgražavaju zbog onog postupka Hristićevog, pa misli: kako se iz njihove kože, u kojoj su oni najmanje nekom svojom za-slugom, onaj postupak zaista mora činiti gnusnim, te izgleda prirodno što oni energično traže da Hristića ponize, i ako je apsolutno pouzdano da bi i oni, na njegovom mestu, onako postupili.

„Pa sve su, uopšte, vrline negativnog porekla", misli Jurišić, „ali jedno je sigurno: da bi ovi ovde isto uradili kad bi bili u njegovoj koži i ako bi istinski voleli onu ženu. A on je nju istinski voleo. Verovao je, jadni Hristić, da će ona biti srećna kad ga vidi, pa se za tu njenu sreću osramotio. A to može da razume samo onaj koji voli. I ja tek sad razumem Hristića, jer volim, jer pravo volim. Jest, nikad ja ovako nisam voleo i za Natašu bih ja sad učinio ono isto što je on učinio za onu zmiju. Bih, moje mi časti, jer volim očajno i jer je Nataša divna kao da nije živa žena. I sve ću one nepravde svoje prema njoj pokajati. Tri godine sedim ja ovde i čistim se iznutra za nju. Nemam više šta sebi da prebacim, niti imam prljavih misli. I svi ovi razgovori grozno su mi odvratni i ljude ove, što svaki čas idu na odsustvo, obmanjuju se i govore kako je uzdržavanje škodljivo, ne mogu više da gledam. Tako je, sedim ja ovde i čistim se za Natašu, jedino moje, jedino što imam. Hoću da budem čist kao ona, hoću da budem moralno lep, hoću da doživim da mi veruje kad joj budem rekao na kolenima: evo, ovde je samo sunce unutra, pogledaj, Natašice, samo sunce. To je zahvalnost što si mislila na mene, to ti je moj poklon, tri godine, noću i danju radio sam na njemu; ja sam ti to bio dužan, jer, da tebe nije bilo, ja bih bio siroče. Eto, tako ću joj reći. I onda će mi oprostiti što joj nikad nisam pisao. Jadna Nataša. Ona je mogla posumnjati: da sam onda ozbiljno mislio na raskid. Raskid sa Natašom?! Užas! Pa to bi značilo raskid sa životom, raskid sa srcem, raskid sa krvlju. Nikad Natašice! Ne postoje više dve duše: tvoja i moja. Neko tajanstveno tkivo isplelo je svega jednu: našu dušu. Nikad Natašice! Jesam li bio bezuman onda kad sam te vređao? Ja, svakako, ne znađah šta sam govorio. Eto pomisao na tebe prži mi um. Kad sam bez tebe, ni vazduha, ni pluća, ni očiju, ničega nemam, hoću da se ugušim, da oslepim. Hteo bih ovog časa da se stvorim tamo gde si ti, i tu, pred tobom, da plačem najgorčim plačem zbog svih nepravdi prema tebi, da ti pokažem najdublje dno mojih nesreća zbog toga, da te molim za oproštaj što sam te u uzbuđenju one mahnite osećajnosti vređao, da te uverim kako ti nisam pisao samo zato, što se u pismu ništa ne može reći, da pred tvojim nogama razmrskam ovo mračno čelo večnih dvoumica. Čekaj me, Natašice i oprosti. To mora biti što pre, ovoga časa, ovoga časa...”

A napolju grmljavina sve jača i kapi, najpre krupne i retke, pa sve češće zašuštaše po osušenom granju, te se oni oficiri postepeno stišavaju i razilaze. Samo se Jurišić grozno muči u nekom mahnitom i burnom uzbuđenju. Guši se Jurišić, i oseća strašnu žeđ i kako se onaj veliki crni crv uskomešao u mozgu, a obruč neki davi ga do umiranja. Pa najednom pljusak i sve se stade kupati u brzim i mutnim potocima, koji su se rušili sa svih strana. I njemu se učini da ga ti brzi, mutni potoci neumitno vuku dole u neki bezdan.

Jurišić raširio oči, ide tamo-amo po zemunici, otvara i zatvara vrata, traži nešto. A one stvari oko njega, knjige, revolveri, sanduci, ćebad, bluze, karte, busola, poigravaju, tresu se, drhte, prete nešto kao da imaju dušu, i ako su mrtve, pa se Jurišiću učini užasno, kao da sve one uglas viču: beži, beži, beži Jurišiću beži gde znaš! On jurnu napolje. Tamo u daljini, iza visokih modrikastih talasa Baba planine, kroz rascepljenu oblačnu zavesu, jedan zlatno-svetli pojas, ružičast i sjajan, širio se veselo na nebu koje se vedrilo. Šuma je vlažno mirisala i potoci se još rušili. Onda jedan krajičak zlatnoga kotura poviri i još jasnije obasja planinu.

Jurišić, krvavim očima, pogleda tamo prema planini. Čitav okean prostora i slobode širio se pred njim i mamio ga. I najednom on oseti: kako ga obuze neki čist, svež, silan talas, neko nejasno-slatko osećanje nečega svetlog, ono široko osećanje prostora kad se čini da svi ti prostori žive, osećaju, raduju se i mame. Pa u onom bolnom i zbrkanom elanu i u onoj žeđi i bezumlju on ludo brzo dođe do konja, uzjaha i pojuri.

I dok su kopite besno prskale blato, za njim je sve više ostajao onaj mutan crn i mrtvački pokrivač oblaka. I bežeći sve bešnje on je gutao onaj prostor koji se pružao pred njegovim očaranim očima i uznosio mu dušu. Pa je sa tom dušom, širokom, prostranom i svetlom, jurio, jurio, jurio u susret onom jasnom i milom plavetnilu svetloga neba.

VII

„U trenutku, kad su se otuda začuli očajni krici: sveću, brže sveću, umire, ja sam se odlikovao prisebnošću nekoga staroga grobara. Nalazio sam se u avliji. I, umesto da pojurim u sobu samrtnice ili da pođem tražiti sveću kojekuda po kući, kao što bi svaki drugi na mom mestu uradio, ja sam se strmoglavio u sobu vašega sina, moga odličnog vodnika i druga Aleksija, istrgao mu brauning iz ruke i obuhvatio ga snažno. (Ja znam šta u takvim prilikama treba činiti i znam da su samo oni prvi trenuci kritični.)

„On je najpre pokušao da se istrgne pa je posle klonuo i očajno preklinjao da ga pustim, te da samom sebi izrekne zasluženu kaznu. Razume se da sam ga držao čvrsto dokle god je trebalo i da sam njegov revolver istrgao, ispraznio, i ostavio ga na sigurno mesto. Zbilja je strašan izgledao u tim trenucima.

„Posle smo mu zadugo govorili, i ja i njena tetka, koja je zaista pametna i prisebna žena, i svi oni iz kuće, te se on postepeno umirio i uverio nas da više nikad onako šta neće pokušati.

„A kad su Natašu opremali u ruho mlade i položili je u velikoj sobi ja sam ga tamo odveo ispod ruke. Mišice su mu se tresle, bio je bled kao krpa i skrušeno se približio odru. Posle se nagao, poljubio je i srušio se onde pored mrtvaca. S mukom smo ga vratili natrag u sobu.

„Sutradan smo je lepo sahranili, pa smo se drugog dana, jer nam je odsustvo isteklo, vratili ovamo u komandu, u Dalmaciju. Šteta je zaista, što je ona mila, mlada devojka, koju sam ja poznavao od detinjstva, umrla, i tu ima mnogo njegove krivice, ja to najbolje znam. Samo što o tome ne vredi danas govoriti, a što se tiče njega ja se nadam i verujem da će vreme sve izlečiti. Meni nemojte ništa zahvaljivati, jer sam ja učinio samo ono što mi je drugarska ljubav i drugarska dužnost prema Aleksiju nalagala. Samo ja mislim da vi treba da uradite sve što možete da odnosi između vas i vašeg sina ponovo postanu normalni.

„P.S. On je prosto jedan osobenjak i njega treba razumeti. Ja ga nikad ne ostavljam samog.”

Tako je Jurišićev komandir odgovorio ocu njegovom istoga dana kad je primio pismo u kome ga ovaj moli za nekoliko reči o sinu. Čuo je, veli, da je pokušao da se ubije pa mu se majka, koja je bolesna, jako uplašila, te radi nje da mu javi u čemu je ta stvar. Što se njega tiče veli, sasvim mu je sporedno i svejedno: Aleksije, po njemu može raspolagati sa svojom ludom glavom kako hoće, od njega je on odavno digao ruke. „Treći je mesec od kad ste došli ovamo a on ni pismo jedno jedino ne napisa, a kamoli da je došao da vidi oca i majku, nego sve od drugog čujemo o njemu. Samo mi čudo da ga taj rat nimalo nije opametio. Najbolje bi za njega bilo da ostane u vojsci, jer školu nije svršio i nikad je neće svršiti. Tamo u vojsci bar ima neki položaj, a kad iz nje izađe opet neće biti ništa. I čim bude obukao kaput, on će pravo iz kasarne u zatvor, jer ne zna ni šta govori i sve se nešto buni. Vi njega dobro i ne poznajete i ako ste s njim toliko vremena proveli. Ja sam njega iz kuće isterao još kao velikoškolca, zato: što je pobunjivao na štrajk naše radnike u akcionarskom mlinu, u kome sam ja najveći akcionar. Uvek me je tako sramotio. Ako vredi nešto savetujte ga neka izađe na prav put, ako ne vredi neka ga kako je počeo. Mnogo vam hvala unapred...”

One noći kad je Jurišić sišao s voza i uputio se grobljanskoj ulici, sav se tresao od nekog mutnog predosećanja nesreće. Bila je jedna od onih tamnih noći, u jeku jeseni, kad vetar, hladan, sav od nekog jezivog jauka, otkida lišće i lomi grane sa onom podmuklom i osvetničkom vriskom koja ledi. Baš kao da smrt vitla kosom unaokolo. Vazduh je bio hladan i mokar, a oblaci su se osećali nad samom glavom. Nad tamnim kućama avetno su se povijala velika mokra drveta pa se u toj tami čovek osećao usamljen, otkinut, opkoljen smrću.

Što se više približavao stanu svoje verenice Jurišić je bio sve uzbuđeniji. Jer u pismu, posle koga se odmah krenuo ovamo, jasno je bilo nagovešteno: da je bolest Natašina vrlo ozbiljna i opasna, a i njena molba, da se, po mogućstvu, krene čim pismo primi.

Kad je Jurišić stigao pred kapiju i zastao, on se zagleda u osvetljene prozore one male, duboko u dvorištu uvučene kuće pred kojima se povijalo, kao da će se najedanput srušiti, jedno visoko i razgranato drvo. On oseti da se tamo unutra dešava strašno. Potom, odlučno pođe kroz dvorište. U kući je vladala tišina tamnice. On zaustavi dah i dok su mu usnice patnički drhtale, on zakuca na vrata.

Nikad docnije Jurišić se nije mogao opomenuti: kako se

našao pored one užasne postelje, u kojoj se jedva primećivalo ono suvo, tanko i vrelo telo i kad je ugledao ono mršavo, izbolovano i zemljasto lice, sa raširenim vlažno-sjajnim očima, koje se nasmejalo kad ga je ugledalo i poznalo. On se nikad nije mogao setiti ni jedne od onih prvih reči što ih je tada izgovorio buncajući i oblivajući suzama tanku i vrelu ruku koju je ljubio. A ona mu je rekla:

— Dobro je što si došao... tako je dobro što si došao. Mislila sam više te nikad neću videti.

— Oprosti, oprosti, oprosti, oprosti — bezumno je jaukao Jurišić.

— Mili, zašto mi se nikad nisi javio? Samo jedanput... Samo da si mi se bar jedanput javio.

Posle ga je ona molila da je uspravi i tako su sedeli, a mama je otišla da legne. Svu noć nisu spavali.

— Priđi mi, sedi tu, starče, moj starče. Mnogo imam da ti pričam.

— Oprosti mi, kriv sam, kriv sam. Nataša, ja sam mozak svoj isušio.

— Čim si otišao, mili, nedelju dana posle tvog odlaska, izgledalo mi je da je naš poslednji susret bio nekad davno... kao, kao u nekom od mojih prethodnih života. Da li me pojmiš? A ono vreme kad smo zajedno bili, (zaboravila sam onaj poslednji dan), one intimne večere ovde ispod našeg drveta, one šetnje po mesečini obalom šumne Morave, onaj poslednji zalazak sunca, sećaš li se onog divnog zalaska, sve to činilo mi se kao odlomak nečijeg tuđeg, sasvim tuđeg, života koji sam ja odnekud slučajno posmatrala.

— Natašice! — jaukao je Jurišić dok je ona kašljala.

— ...Ili kao da sam bila zaspala jedne noći i u onom monotonom životu sanjala jedan čaroban san, posle koga sam se probudila i sa užasom videla da je iščezao. Oh koliko sam puta, u čudnom nekom strahu, pojurila da uzmem tvoju fotografiju ili da gledam tvoj rukopis i da se nad njima pitam: je li zaista, oh, je li zaista sve ono bio samo san? I tada mi se tvoje lice, u koje sam gledala tako izbliza, činilo nejasno, tuđe, sasvim drugo od onoga što sam ga u onom snu videla. Pojmiš li me, mili?

— Ponekad mi je izgledalo da je ona tvoja slika u mojoj svesti samo plod moje fantazije i da može biti, oh bože, ne postoji ni taj front dole gde zamišljamo da ste vi, pa ni ti. Jest, kao da i ti ne postojiš. A kad sam večerima kroz onaj naš venecijanski prozor gledala u prostrana polja što se gube u beskrajnoj daljini i tamo, na horizontu, sastavljaju s nebom, izgledalo mi je: kao da si ta beskrajna daljina ti, da je tvoja duša neodeljivi deo one daljine. Za mene ti si bio izgubio svu realnost i da mi se opet povratiš trebalo mi je... Oh, samo jedno tvoje pismo mi je trebalo. Ali ono nikad nije došlo, mili, zašto ono nikad, nikad nije došlo? Na kolenima sam provodila čitave noći i kvasila ih suzama. Koliko jada, koliko jada, izgledanja, čekanja... Zašto mi to slovo nikad nisi poslao? Kako si mogao? Zar toliko nisi imao vremena, mili, jedno slovo...

— Zato što sam proklet, draga.

— A da je ono došlo? Da li zamišljaš radost moju, sreću neviđenu? U njemu videla bih tebe, osetila dušu tvoju i grlila bih je, grlila, onda bih ja oživela. Oprosti mi. Ja ne znam šta govorim. Ali ja sam htela da ti sve znaš o meni, da budeš u toku svih mojih misli i senzacija, svega što sam preživela, zato ti govorim. A sad evo me opet usred onog čarobnog sna i ti si pored mene, ti, ti, ti, ti si pored mene, mili moj mladi starče, moj sedi, moj dobri, kako si dobar što si došao, kako si dobar.

— Ja sam proklet, prezri me, draga.

— Zašto da te prezrem? Ja te obožavam. Zašto si to kazao? Zašto se tako mučiš? To tvoje lice, tamno i strašno, to stradanje, taj nemi užas, razdire mi dušu. Razvedri se. Ja te ništa ne krivim. Eto čuj, kunem ti se, ja te ništa ne krivim, jer ti si došao, jer ti mi vraćaš život, a ja samo hoću to: da živim.

— Govori, draga.

— A kad ozdravim...

— Mila ozdravićeš, moraš ozdraviti.

— A kad ozdravim, na onaj divni proplanak, odakle smo poslednji put posmatrali zalazak sunca, odvešćeš me. Vodićeš me pod ruku. Priljubiću se jako uz tebe, jako, tako jako da budemo jedno. Ići ćemo lako, sasvim lako, je li kako je prijatno, kako je slatko ići lako. Je li? Pa će sunce...

— Ljubljena moja!

A napolju nebo je tiho plakalo i katkad vrisnuo bi vetar, te se drveće tužno i avetno povijalo tamo-amo.

Tri nedelje posle toga umrla je Nataša.

VIII

U onoj istoj đačkoj sobi na Dorćolu u kojoj je stanovao i pre rata, opružen na starinskom plehanom krevetu, ležao je Jurišić jedno poslepodne, u jesen, u tišini, umoran, bled i nervozan i mislio:

„Evo ležim ja ovde sam, sam samcat, i sav onaj kalambur od života stoji tu, preda mnom. A u ovoj sobi ovde sve je isto kao što je nekad bilo, očajno isto. Ovaj stari orman, u kome stoje moje građanske rite i ostaci vojničke uniforme, ništa se nije promenio. Služi on, olupina nijedna, služi i služiće ko zna koliko još gospodara kao što sam ja, i gorih od mene. Istina je cela, u njemu nikad neće visiti neki ispeglani i fini sakoi i frakovi, cilinderi i mantili ali će on još zadugo i verno (i ako bez ključa) čuvati nečije rite kao što su ove moje. Stoji on, čeka i neprestano menja gazde pa mu baš svejedno koga služi. Stoji on, služi i nadživeo je ko zna koliko gospodara što su se sad svi u pepeo pretvorili, a nikad ni pomislila nisu da će ih čak i ova krntija preživeti. A na njemu, gore, čame stare novine, tegle, boce s paradajzom, razne kutije, nekoliko trulih jabuka i šta ti još ne stoji gore pokriveno prašinom, baš kao pre rata.

„I ogledalo stoji nakrivljeno, izlizano, prslo na istom mestu i pegavo. I sve je tako bilo pre rata, i ako se onda, u njemu, nisu videle ni ove bezbrojne bore na mome bledome licu, ni sve ove bele vlasi što pokrivaju ovu moju smetenu loptu u kojoj se neprestano i očajno grči ovo malo uzbunjenog razuma. Sve užasno isto. I sve ove posmrtne liste stoje ovde, uramljene na zidu, mirne su, požutele i ćutljive. Stari kaznačej Mijailo, gazdaričin prvi muž, umro 1888. Kad je mlad bio nekad davno nosio je on plav fermen, srmom izvezen, binjiš i duboke čakšire sa povraćenim dozlucima, a cipele su mu bile fino ofiksane. Imao je astrahansku šubaru i pušio je na dugu ćilibarsku lulu, a kad je ostareo govorio je uvek o-je i najveće mu je zadovoljstvo bilo da glasno i otegnuto zeva. Šeta on tako zadugo posle večere u pošumljenom dvorištu ispred kuće, zeva i glasno otegne o-je, o-je. A u tom otegnutom zevanju i u onom o-je imalo je nečeg od pesme i nečeg što je odavalo savršeno mirnu savest. Ono je, otprilike značilo ovo: ja pošteno otaljah ovaj život. Dakle, tako je on zevao izjutra, u podne, uveče, noću kad se probudi i uvek kad se seti onoga što je za sobom ostavio. Nekad je on nosio harač iz tri nahije knezu Aleksandru Karađorđeviću. Obično je to bilo u proleće. Pođe on tako zorom iz Brusnice, i cela stara čaršija zna da će se on zorom krenuti za Beograd, te on uveče, uoči polaska, mora da daje podnju. A sutradan obriše brkove, poljubi se sa ženom Cvetom i krene u ime boga. Pred njim, u bisazima, pare lepo spakovane, a za njim brkata jedna pandurina od dva metra i obojica za silavima natrpali sijaset neki kubura i jatagana. A od Brusnice preko Rudnika pa do Beograda šuma nepregledna i staza jedna jedina kroz nju. Idu oni kroz one gore i čas kaznačej „pusti grlo", čas pandur, te se ori ona šuma i razleže, a ptice begaju na sve strane i sve ono divlje zverje uznemireno.

I stignu obično noću u Beograd te se pravo u dvor jave i tu konje namire i noće. A sutradan zove ih knez i traži da vidi kako su oni kroz one šume putovali, te moraju onako isto da se opreme i da konje pojaše. A kad predadu harač tačno na cvancik, vraćaju se. E, onda se kaznačej Mijailo oseća lakše, smeje se, šali, peva i plaši medvede. I tako jedanput prebacio desnu nogu preko unkaša, zapalio duvan i pita pandura: „Je li, veli, Mile (a zvali su ga „mali" Mile), je li, veli, Mile, pravo da mi kažeš, ali pravo da mi kažeš ovo što te pitam. Kad smo išli ovamo, pa jašem ja ovako ispred, a ti pozadi mene, jesi li koji god put pomislio, ali pravo da mi kažeš, jesi li koji god put pomislio da me ubiješ, pa da uzmeš ovaj harač i ove paretine iz bisaga? Pravo da mi kažeš, poštenja ti."

„A pandur ga pravo gleda u oči: „Jesam, veli, gospodine, boga mi moga. Baš kad smo bili iza Ostrvice.

„Jašem ja za tobom, jašem, mislim i velim: evo ovde niko mu nikad traga ne bi našao, a za tri dana ja sam u Sandžaku gazda. Pa jašem ja, jašem i čekam šta će reći druga pamet. Nisam ja ćaknut, gospodine, sve ja radim po pametima. Kad dođe druga: lepo, veli, Mile, ti kažeš niko videti neće, a bog? A šta je bog, a? Pa posle, sećaš se kad ono ja zapevam, da se sve trese, sećaš li se? E onda ja sebi kažem: ajde Mile, boga ti, gl'aj tvoja posla pandurska i ne trabunjaj koješta." I tako lepo i bratski stignu natrag u Brusnicu i tu celoj čaršiji pričaju o knjazu i o Beogradu.

„I drugi plakat stoji, drugog muža gazdaričinog Mladena. Umro 1903. na Blagovesti. Kapetanovao on godinama po raznim srezovima i nosio neku đudu kao mađarski magnati. A kad se u srezu pojavi hajduk on skine đudu i lično ide u poteru. Iskupi seljaka pa ko budžu, ko budak, ko kosu, a samo on nosi pušku-kapislaru. I opet rukama živog hajduka uhvate, a pušku i ne opale. U srezu je stanovao i čim svane on za pero, a uveče piše prema lojanoj sveći i sam kupuje sveće za svoje pare. A imao je lep rukopis, čist i pravilan, te i samom kralju Milanu pao taj rukopis u oči. I tako se kralju dopao njegov rukopis te ga jednom pitao šta je od škole izučio kad ima onako lep šakopis. „Gospodaru, odgovorio mu on, ja svrših četiri razrada elementarne škole, onda pređoh u prvu klasu gimnazije, ali se pometoh i odoh u praktikante.”

„I treći plakat stoji njenoga sina što je umro ubrzo iza oca, od prekomernoga rada. Sedeo svake bogovetne noći dok ne osvane i čitao i prevodio neku veliku knjižurinu. I kapao nad onom knjižurinom i sušio se i kašljao pa kad je onu knjigu preveo on umro i nije ni dočekao da je vidi odštampanu i da mu kažu hvala, samo što su ga drugovi čestito ožalili.

„I četvrti, i peti stoji plakat i svi oni ćute, gledaju ovamo u mene i opominju me. Stari kaznačej, što je nosio harač knezu Karađorđeviću, kapetan Mladen, što je za svoj novac kupovao lojane sveće a radio državne poslove, i onaj mladić što je kapao nad knjigom sve su to sad plakati tj. uspomene i sad te uspomene vise na zidu, a jednoga dana će i moja gazdarica biti uspomena, pa ću i ja biti uspomena, crno slovo na beloj hartiji koja će požuteti.

„Tako živimo sad, baba, njen unuk od ćerke student, i ja, nas troje, nas tri buduća plakata. I ova baba, koja će od nas troje prva visiti na zidu sva je, kao i sve drugo, jedna laž. „Snago moja, veli, kao da si mi rođeno dete”, a svud me ogovara i kiriju mi povišava do nemogućnosti i žali se svuda kako gasa mnogo trošim, a nikad mi sobu čestito ne izvetri i sapun onaj kojim se umivam nikad ne klapunja. Trljam ja, trljam pa ništa i tako pre rata: sapun i baba nikako se nisu trošili.

„A sad se sapun opet ne troši ali se baba troši i to mi godi, priznajem. Gledam ja ovaj orman i vidim da se ništa nije izmenio, a babu vidim jasno i lepo kako je veliki korak ka grobu opružila. I puno vidim ljudi, koje sam pre rata poznavao, pa ih od onda nisam video, kako se ka grobu najednom raskrečili, a na onim ljudima, sa kojima sam zajedno bio, nikakve promene nema. Pa i babin mali unuk gimnazist koraknuo podobro u život. I njega ja gledam i poredim sa sobom, pa počinjem osećati neku zavist prema onoj lepoj, svežoj glavi, na kojoj ponosno stoje gusti crni zalisci, dok se moja kosa sasvim proredila te se sjakti ćela, a obrazi mi se sparušili kao trula jabuka. I čak počinjem osećati mržnju prema malom koji korača lako i brzo pa nema potrebe da misli na noge i liči na svežu, rumenu jabuku. Priznajem: mrzim i babu i maloga, na smrt ih mrzim. Jer ta smežurana babetina živela je nekad i bila mlada a ovaj njen unuk tek ima da živi. Samo ja nikad nisam osetio ono što je život u životu, nikad mlad nisam bio, i sam sam sebe negde davno izgubio. Tako je, svaka mi se kaplja krvi buni kad pomislim: da je ovakva ista moja mladost otišla negde u nepovrat. Zašto je ona otišla u nepovrat? Kome sam je poklonio? Kome?

„Eto gledam ja sad širokim očima onu veliku iluziju. Bilo je jedno snažno koleno ljudi i ja sam tim planinskim divovima pripadao. Ono je shvatilo život kao žrtvu. I napojeno duhom viteštva i tradicije, u ognjenom, energičnom rodoljublju, u neviđenoj čistoti i lepoti duše, ono se žrtvovalo. To koleno bilo je srce jedne celine. To koleno bilo je srce jedne celine koja se nekad bila raspala, bilo je nada raspalih delova koji su hteli da budu jedno. I to jedno oni su postali kroz najveću žrtvu onoga kolena. Oni su to postali tek onda: kad je ona mlada, bujna, cvetna i sveža šuma izdržala sve oluje i sve gromove i sve slomove i postala pustoš radi zajedničke veličine. I šta? Baš tada, baš na vrhuncu one najveće slave i ostvarenih snova eto gde se urnebesno prolama vapaj onih delova: mi nikad nesrećniji nismo bili, nikad nesrećniji nismo bili! I sad, usred tog užasnog saznanja, eno ih stoje ona jadna, stara, porušena i oljuštena drveta i u dubokoj, teškoj i umornoj rezignaciji gledaju se nemo, dok mlada gora raste nepravilno i kržljavo. Kao sova što drema u trulom drvetu stoje ona i ćute i žale za starim vremenima i onom mladošću. Gle, jauču ona, zlatni vek je prošao; to je onaj rudničkog kaznačeja Mijaila i gročanskog kapetana Mladena. I opet duboko ćute, a oko njih, i dalje, sve se trese u epilepsiji i talasa bez smisla. Samo veliki opsenatori na delu, izmet one celine na vrhu njenom, uveravaju da sve tako mora biti.

„Sve mora tako biti? Zaista sve tako mora biti? Eto otvorio sam ja i oči i srce za sve što ovo jadno doba pokreće i preda mnom zjape sve krvave i otvorene rane čovečanstva. Ja vidim sasvim dobro: kako s praskom prskaju svi oni obruči stare životne moći društvene i kako se brzo gasi sva ona vera u stare pokretačke sile. Očevidno je: da ja stojim na granici jednoga društva koje propada, i koje sa svih strana posmrtna zvona oglašuju, i gledam odande kako se nova vera traži i sam sebe grozno mučim. Preda mnom je ogromna pučina haosa, sve je najcrnja, najstrašnija zbrka, nečuveno se vitlaju kalamburi i sve huji u nekoj užasnoj groznici i ludilu. Agonija. A otud, preko oštrih stena jure, huče i zapljuskuju penušavi talasi one nove vere. Vuku se otud neke crvene, krvave magle i vele da u njima ima puno nove i divne vere i obećanja. A ja sam sav u slutnji velike neke nesreće i ne bih tako brzo onu veru hteo da prigrlim. Pa se gnjuram u najskrivenije jazbine duše i po onom smrzlom pepelu tražim jednu jedinu bar živu varnicu staroga žara. Hteo bih još ja od one stare vere i hteo bih uvek da se nađem u ovom crnom mraku pred crvenom olujom. Jer je ona stara, mahnita vera svu moju krvavu dedovinu pretvorila u jedan veliki grob u kome mirno leži ona bujna, ona divna sadržina i skromnost. I obuzet, ponekad, nekim slatkim osećanjem prošlosti ja još čujem: kako iz narodnog srca bije ono sveže i prirodno staro.

„I žestoka me čežnja ponekad vuče za onim starim drugovima što su nestali kao celi ljudi. Jest, oni su umrli kao celi ljudi, neizrazbijani o ovo oštro kamenje realnosti. Oni i ne poznaše ovo mračno doba nespokojstva, sve ove strašne suprotnosti, sve ove bolne dvoumice i zagušljiva tugovanja. A ja sam voleo te krepke prirodne ljude što su mirisali na planinsko cveće i širili oko sebe onaj laki vazduh planina, pun strasne vatre i snage, pun poštenog ponosa i prostote, pun one prostodušne srdačnosti. I rekao bih: još moja duša luta s njima po planinama. Htela bi ona, s njima zajedno, duboko ispod nogu dole, da ostavi sav ovaj grozničavi krtičnjak što se u krpama nekih kužnih i crnih magletina potapa. Jest, šume neke crvljive ljudske radnje na sve strane i otrovni pauci nanovo pletu i krpe one pokidane, stare niti. A svi kažu: eto to je ta unutrašnja snaga i sva je igra stvari u menjanju one pokretačke snage; i dok vasionu ne proždre i ne sprži vatra pakla talasaće se sve tako tamo-amo, bez moralne organizacije, u večnoj borbi za opstanak. I evo osećam ja onu pokretačku snagu i vidim sav onaj rezultat u jednome: u premeštanju bogatstva. A sve ostalo užasno je isto. I kao u ovoj sobi, baš kao u ovoj sobi svi oni stari plakati neumitno stoje, sav onaj stari, plesnjivi nameštaj Evrope tu je. I opet ja ne mogu a da ne slutim: kako je jedino dobro ono što je ona naša velika sestrušina uradila, jer jedino tamo ne vidim onog starog crvljivog nameštaja i soba mi se njena čini čudom izvetrena.

„Jao meni, sve ja to gledam i crn strah para mi srce i čitavo naselje neodređenih osećanja i svetova vitla se u senkama, duboko negde dole, u nesvesnoj pozadini moje duše. U večnom sam traženju i uzbuđenju i pitam se: treba li, eto da li treba sići ozgo s onih planina u ovaj užas i mrak pakleni, u ovu hučnu vrevu i životnu igru dole; treba li živo pustiti onim instinktima i strastima da progovore sopstvenim svojim ognjenim jezicima, i tako sav ovaj neodređeni nemir što ubija, ugušiti aktivnom snagom, onom potrebom za delom, energijom što je preostala, onom akcijom što oslepljuje um? Da li treba? Ili je bolje: ostati gore i ovako u planinskoj usamljenosti, u bolnoj i sanjarskoj nekoj kontemplaciji, gledati: kako po večnim, neumitnim i ledenim zakonima one periode pijanstva i slepila smenjuju periode bezumlja? Ja ne znam i ja nikad znati neću. Ali slutim, nazirem, osećam jedno što mora biti, osećam užasnu tragediju, najslavnije, po bolovima, generacije koje nestaje i čija je svirepa sudbina: da na krvavim svojim grudima, punim rana za princip otadžbine, prigrli, htela ne htela, onaj plemeniti princip kosmopolitizma. Jadnica. U svojim dobrim grudima, punim krvi i žuči, oseća ona strašno: kako je vulkan njenoga revolta, što gromko tutnji na uzbunu, pun patriotizma, pun one stare slatke vere. I koleba se, kostreši i dvoumi: htela bi ona jedan svoj, specifični, rasni preobražaj; to bi ona htela. „Uđite u one crvene magle, drugovi, što ste posle nas izdržali sve slomove od kojih su nam se kosti prevrtale, uđite vi, ali bez onih koji nas mrze." I taj glas iz groba, pun opomene i pun pretnje, gura je ipak i obazrivo vodi i mami onim svetlim i veličanstvenim vrhovima na kojima se udiše najčistiji vazduh ideala. Jadnica. Ona nikad nije mogla živeti u otrovnoj omorini okova i umorna a gladna na iznurenoj sisi dojilje svoje tradicije, pruža već ruke onom nečem velikom, svežem i neodoljivom što se i u samoj prirodi oseća.

„Samo je lenj, pipav, beživotan još njen korak. I sve se grozno raspada, a ona ide polako, dremljivo, mrtvo. Zato i ja umirem, trulim, raspadam se. Jer ja bih živeo tek u onom radosnom osećanju pokreta ka sigurno boljem, u onom grozničavom grču rada, okružen primerima što bude onu zavist za plemenito takmičenje, u nemirnom, živom komešanju i napetosti korisne akcije, kad srce drhti da iskoči; u onom divnom elanu radosti, u razdraganosti onoj što i ono učestvuje u punom životu i stvaranju.

„A ovde gde je život, gde je pokret, gde je ovde elan? Ovde, oko mene, sve truli, sve umire, sve je samo jedno grozno, kužno raspadanje. I sam vazduh ovaj mučan je, težak i otrovan. O nigde života, o jaoj meni nigde života!"

I zajaukao bi glasno Jurišić da je sam u kući. Ali on tu nije sam, jer se u drugoj sobi skupili već drugovi unuka babinog Vladislava i skakavačka diskusija je započela, te on hteo ne hteo mora da je sluša. Tu je, među njima, i neki babin poznanik, koji je nekad, kao đak, pre Jurišića, kod nje stanovao pa došao da je vidi i umešao se sad i on u razgovor s đacima. A svi su turski zadimili te onaj duvanski dim u prašljivim mlazevima promiče kroz pukotine i Jurišić sluša i gleda u one mlazeve što se prelivaju i trepere u sunčanim zracima.

— Stid me — veli jedan — da mi taj profesor predaje krivično pravo.

— Pa koji ti je bolji, svi su ti jednaki!

— I za politiku je glup užasno. Petlja nešto, pokreće neke listove, kandiduje se pa ništa.

— Nije, nego je politika glupa.

— Pa i politika je glupa, zacelo. Ja znam jer sam u partiji i idem na sednice Glavnog odbora. I tu ti se vazdan priča o nekim kmetovima, o izborima, o našim ljudima; o tome kako ćemo imati uspeha, kako se neko kompromitovao (dostavili ga iz ministarstva) i kako ga treba terati do božje kuće. A puno dima duvanskog u onoj sobi gde mi konferišemo pa se davimo u onom dimu, i svi govorimo uglas i kašljemo; pravi obor božiji! A ja gledam kroz prozor: napolju divan dan. Što ja ne idem da šetam, mislim ja, a opet sedim i kašljem, a oni sve više padaju u vatru i jedan drugom puno stvari prebacuju. Vidim ja tu niko o drugim dobro ne misli. I zaista, predlaže neko da najpre raščistimo tu među nama, jer i onde ima aferaša. A jedan crvenko grozno čačka nos samo što ne zaglavi prst i drugi se ishrakuje i uzima maramu da pljune, ali ne pljuje. A ja neprestano čekam da pljune, jaoj čekam i gušim se i dođe mi da im kažem: evo vam i službe i sve što ste mi dali, a opet sedim i slušam o kmetu i čekam da onaj dripac pljune u maramu.

I svi se kikoću i cerekaju, a neko se zagrcnuo te mu kroz nos curi crna kafa pa još veći urnebes.

— Je li, a piše li ti mala Žana iz Klermona?

— Mala Žana iz Klermona? Pa nju je već prihvatila mlađa generacija.

— Lažeš. Još te juri po Parizu.

— Znaš li šta? Oženi se pa se razvedi.

— Ne, ne treba, to nije potrebno. Dovedi je ovde, sama će da pobegne u Francusku.

— Ama mrtav sam ja za nju, gospodo. Pre godinu dana imala je moju posmrtnu listu u rukama.

— Dakle bila i godišnjica? Živeo pokojnik! Živeo pokojnik!

— Zar tako, dok smo mi stari svom snagom podizali ugled zemlje, vi ste ga obarali — meša se onaj stariji čovek, babin poznanik.

— I vi ste ga obarali, i mi smo ga obarali, a zemlja mora da propadne?

— Zašto mora da propadne? Šta govorite?

— Zato, što je našoj rasi malo jedna Albanija. Treba bar tri. Jednu je imala, a drugoj juri u susret, sigurno, pouzdano. Samo što niko u to ne veruje i neće o tome da misli. Baš kao u ratu, svi znaju: sutra borba, smrt, užas, a uveče sede oko vatre greju se, jedu, piju, šale se, pevaju i Cigani im sviraju da ogluve. A oni baš hoće da ogluve, u tome je stvar.

— Pa zašto?

— Pa zato što sve ide naopako, najnaopakije.

— Ja to ne vidim.

— Ja znam da ne vidite i to je interesantno. Kaplari jednoga stanja žešće ga brane nego njegovi đenerali. Ovi priznaju da je ono rđavo, samo, vele, nema ko da dođe mesto nas.

A babin poznanik nervira se, pada u vatru:

— Ama vi mlađi samo znate da rušite, vi ste izrodi, vi ne volite ovu zemlju. Vi govorite: zlo je, ja kažem: dobro je; vi kažete: vraća se nazad, ja kažem: ide se napred. Hoćete li dokaza?

— Dokaza, dokaza, dajte dokaza!

— Evo vam: pogledajte ovaj Beograd, jest gledajte ga. Šta vidite vi? Ja vidim sve. Dok se mi zapenušali, besni, zakrvavljeni, davimo, sramotimo, pljujemo, dok se mi, sitni, jadni, zlobni, ambiciozni gušamo, gazimo, grebemo pa cičimo i pištimo i umiremo, dotle on, gord i uzvišen, kao sam, kao bez nas, kao protiv nas, kao nekom svojom unutrašnjom snagom, raste u visinu, širi se i razvija, džinovski i ogroman. Kroz nekoliko godina on će biti velegrad. Zapamtite: kroz nekoliko godina ova zemlja biće raj. Šta na to kažate?

A Jurišić preneražen, zinulih usta, široko otvorenih očiju, radostan kao usred nekog čarobnog otkrića, sluša ovo iz svoje sobe, zadržava dah, ne diše.

— Stanite, stanite! On raste to je istina, ali na mržnji, na strahu, na bolesti za zaradom, na užasu od gladi, na korupciji on raste.

— Da, na svemu tome, ali on raste... Beograd. Hoćete li dole u zemlji? Hoćete li za to dokaza? E pa idite u narod i videćete ovo: da čudnim i nevidljivim uticajem započinje i njegov moralni preporod; i to opet sam po sebi, mehanistički, bez obzira na nas, opet onom nepojamnom unutrašnjom snagom. Ja otud dolazim, znam i video sam ovo: u samom njemu javljaju se ljudi mali, neznatni, bezimeni i ti bezimeni, mali ljudi, zapojeni verom, vraćaju ga vrlini, čistoti, oduševljavaju ga i zagrevaju za ljubav i za dobro. Odavno su čitave opštine bez najsitnije krađe, u čitavim selima ne čuje se nikad psovka. Šta je to, otkuda je to, ja ne znam i ne bih vam umeo reći, jer sam mali da uđem u sve te lavirintske procese one tajne, nevidljive i čudne životne moći napretka. Ali unutrašnje snage ima, ima je sigurno, ima.

— To je: bog čuva Srbiju.

— Jadno podsmevanje. Bolje je da otvorite oči, da pogledate oko sebe, da se uverite šta je sve i u kom roku stvoreno. I šta biste vi hteli? Emanuel Kant umro je 1804. godine. Šta su toga dana predstavljali vaši dedovi? Ajd' recite: šta su onda bili naši dedovi? Nego vi ste takvi: ne volite ništa, ne oduševljavate se ničim, ne verujete ni u šta. Dabogme, ovo je vreme prolazna zima, a proleće ide...

— Proleće je u Klermonu.

— Živela okrugla, mala, slatka Žana iz Klermona!

— U Klermonu se rodio Paskal i tu se rodio prvi Jugosloven posle Kosova.

— Rodila ga je mašamotkinja Žana Porte od oca Stipendija Bežanovića.

Onda onaj čovek, uvređen i ogorčen, naglo ustaje pa izlazi bez zbogom i mrmlja nešto ljutito ulicom pored Jurišićevog prozora.

A kad on izađe, neko upita prosto:

— Koja je to budala?

— Pa budala!

I đaci grohotom prskoše u smej.

U prestonici, toga Badnjeg dana, bilo je veselo, svetlo i milo. Na krovovima je ležao hladan pokrivač beloga snega, a po ulicama vrveli su ljudi, žene i deca pod čijim je sitnim, ubrzanim i pažljivim koracima škripalo jasno cičeći. U čistoj bleštavoj belini podrhtavala je živa, zasenjujuća i praznička razdraganost vazduha, a nešto poverljivije i porodičnije osećalo se jasno u vedrim, blagim i svečanim izrazima prolaznika.

Jurišić, u pohabanom vojničkom šinjelu, bled, iznuren i obrastao u gustoj bradi, crnoj i zamršenoj, koračao je bunovno i malaksalo.

Izlazeći iz kuće sa glavom ispunjenom mračnim vizijama i sasvim crnim i sumornim refleksijama noći, gladan, neispavan i ozebao, on je, sa onom mutnom, zamršenom i vidljivom neuređenošću duha, naročito i čudno privlačio pažnju mimoprolaznika između kojih se kao prava pravcata utvara avetno i bunovno vukao.

„Kako je veseo, vedar i razdragan ovaj svet", mislio je on. „Samo se ja žalosno vučem mlitav, beživotan, gladan i odrpan. Jedini ja bunovno idem i gazim nesigurno kao tek što se ova trošna zemlja, pod mojim klecavim nogama, ne odroni i surva negde bestraga u crni užasni bezdan. I evo, boga mi moga, počinje, tutnji, huji, survava se, stropoštava, izmiče i beži negde od mene bestraga i ja više ne gazim nego lebdim i groznu neku mutnu i bučnu vrtoglavicu i kalambur osećam svud oko sebe... I sve se nešto bojim i prezam i mrzim. Od koga se bojim, zašto i koga mrzim? Ne znam. Zver sam, strašan sam, jer sam gladan kao vuk, grozno sam gladan i pokidan, zbrkan, kivan, zamršen i crn, a oko mene sve belo i smešno. Užasno smešno!... Gle, kakva čar ovih blagih srca! A ja ih mrzim i krv bih im pio. I sve ove ženske šalove i šešire i ove bunde i kaločne i šubare i one pune svačega korpe u rukama, sve to, ja bih jeo, proždirao, žvakao, gutao, cepao, kidao i ujedao. Da li mrzim? Da li se varam? Ne znam. Ništa ne znam. Ništa, ništa, ništa, ništa ne znam i ne razumem. Samo sušu neku osećam u duši, i mrak, i evo uvek, svuda puno nekog zujanja i gmizanja oko mene. To su strasti što se oko mene vulaju, viju, gmižu kao pravi pravcati crvi. Ili, možda, nisu strasti nego sve same sante leda. Ili kao da se hiljade liftova, onih čudnih kutija u kojima ljudi stoje, sa onim svojstvenom šumom, penju i spuštaju svud oko mene, klizaju dole i gore, negde bestraga u dubinu i u visinu. A Beograd raste. Gle, kako raste Beograd užasno i širi se, sam po sebi, unutrašnjom snagom. A ja? Gde srljam ja? Jurišiću, gde srljaš ti? Jesi li mogao da ne budeš gladan, da imaš kako mu drago gledište na svet, mršavo, bedno, ali jedno gledište određeno i jasno? Gle, kakva čar ovih blagih srca, a celo moje biće nemoćno i u najdubljim ponorima njegovim plete se nešto bolesno, nerazmrsivo i užasno... A Beograd raste dok ja padam i tupavim i krv pljujem i osećam kako se sav ovaj moj duševni aparat pun prljave prašine i truleži, kvari, crvlja i raspada kužno. Da li je sve dockan? Je l' sve umrlo, što može da odoli patnji, da prkosi, vremenu, svemu? Je l' sve umrlo? Mislim, mislim, mislim: nije. Evo puno, bezbroj divnih žena oko mene. Da li bi jedna jedina htela da bude moja žena, ili dve, ili sto, ili skupa sve? Najbolje sve, a još bolje jedna. A ja koračam: jedan dva, jedan dva, jedan dva. Pst! To život odlazi. To život odlazi, on lagano i nečujeno izmiče, a ja se survavam, sigurno, pouzdano padam, davim se, tonem. Jaoj, kuda ću? Ne znam. Jurišiću, ti si trulež. Jedan, dva, jedan, dva, dva, jedan..."

Zubi su mu cvokotali, a smrzli nokti boleli ga. On zaželi da puši. I po stoti put, idući pretraži sve džepove i sve rupe i sve poderotine, i ne nađe ništa. Išao je uvek za onim svetom što je žurio Kraljevom trgu, pa se klizao, povodio i spoticao pijano i bolesno. Jedan poznanik njegovih godina ugleda ga, zastade, zbuni se i prođe, pa se ponovo zaustavi i dugo gledaše za njim. Drugi, malo posle, isto tako. A on je koračao pogureno, kašljao, hukao u nokte i svaki čas menjao nogu kao što čine vojnici kad u maršu izgube takt. Šaptao je: jedan dva, jedan dva. Onda na raskršću zastade i počeša se: pet puta po levom, pet puta po desnom kolenu. Pa je tako činio uvek kad je silazio s trotoara. Ulazeći u Vasinu ulicu on se uputi za nekim visokim čovekom pravog, vojničkog držanja i stade se truditi da ide tačno u potiljak za njim. Čovek primeti, pa zverajući nervozno, brzo pređe na drugu stranu, ali mu Jurišić sledovaše. „Jedan dva, jedan dva", šaputao je, „stoj." I tako se zaustavio na samom trgu prema Univerzitetu.

A okolo, svet se tiskao, pogađao, svađao, šalio i zadirkivao, živina je krečala, kaukala i zvonka lupa tramvaja, fijakera i vreva svih zvukova zaglušivala.

Udaran laktovima i muvan, gažen, prskan psovan što

smeta na putu, Jurišić je stajao nepomičan, ukočen, krut kao na stražarskom mestu, kao ukopan. I u tom nepomičnom stavu, široko otvorenih očiju, sa svetlo-drhtavim, izmorenim pogledom teškog bolesnika, sa nekim bezumnim osmehom čoveka koji se smrzava, on je mrdao čelom i nosem, pirio onu paru mraza kao da puši i šaputao: „U ime oca i sina i svetog Duha, amin; u ime oca i sina i svetog Duha, amin. Beograd raste; raste Beograd; gle kako Beograd užasno raste! Beograd nebo para i svi vrhovi osciliraju. Ah svi, eno, eno svi, bez razlike, vrhovi osciliraju."

A jedan dečko zastade, zapilji se u Jurišićev šešir koji je mrdao pa pršte u smej i pobeže. I dve žene s korpama obiđoše ga obazrivo i sa strahom. Onda jedna žena sa čovekom ispod ruke naiđe pored njega, začudi se, pa se ponovo vrati i zagleda ga radoznalo i odlučno ispitivački. On je zagleda takođe i u njoj poznade ženu Hristićevu pa se komično uozbilji, lupi nogu o nogu i duboko skide svoj otrcani šešir. Ona sažaljivo otpozdravi pa se žurno izgubi u onoj gomili sveta šapućući brzo na uvo onom čoveku uz koga se pripijala... „Gle", pomisli Jurišić pa se najedanput zverski zgrči, „tako mi neba i svih zvezda, tako mi moje propale prošlosti i tako mi moje crne budućnosti, ovog sekunda, ovde na ovom mestu, javlja mi se Gospod Bog dajući mi ključ svih stvari, svih problema što me muče, svih tajni svih mojih nemira. Tako mi sunca i meseca u srcu ove proklete žene, samo u njenom srcu i u njenoj kvarnoj krvi viju se oni, puni smrada, crvi, što su jedini mogli da upropaste i pojedu moju prošlost i moju budućnost. Dakle osveta, užasna, krvava osveta." I onako zverski zgrčen, stegnutih zuba i pesnica... on jurnu među onaj svet, ali usred one gužve najednom zaboravi šta je hteo. U istom trenutku žena s čovekom ispod ruke nađoše se pred njim.

— Zmijo — grmnu Jurišić kad je ugleda — tu u tvome srcu, tu usred tvoga srca nalazi se moj ključ. Ključ! Ključ taj, daj mi ga!

I jednim munjevitim, ludačkim pokretom on sčepa ženu za grudi. Pa kad se izbezumljeni od straha žena i čovek istrgoše, begajući među onaj začuđeni svet, on se zacereka onim užasnim, urlajućim smehom koji je ledio.

Onda ostavi trg i pođe onako nasumce, bunovno, bez cilja. A u prvoj ulici, na zidu jedne nove građevine padao je u oči ogroman beli plakat sa crvenim slovima. On zastade i čitaše rasejano: „danas... zaplivali u raskoši, u sramu, u bludu... oni... danas... te crne ptičurine reakcije, pljačkaši, izelice, grabljivci... milioni gladnoga naroda radnika... naš znoj... rame uz rame, složno... sutra na Božić u Domu... čas je kucnuo... da grmne jedan jedini krik, da se prolomi strašna, očajna, gladna, uzvišena reč: u akciju!"

Pomodreo, očiju zakrvavljenih i nabreklih modrocrnih vena na čelu i slepoočnicama Jurišić je čitao, škrgutao zubima, grcao, stezao pesnice do bola i grčio se. Najednom on se žurno uspravi, iskezi i pojuri kući. „Danas, sutra, smesta... Dajte reč Aleksiju Jurišiću... čujmo... čujmo... čujmo... Drugovi... gospodo... čujmo... čujmo... čujmo... Danas... te crne ptičurine reakcije... milioni... čujmo... čujmo... čujmo... milioni gladnoga naroda... čujmo... čujmo... čujmo!..." Onda on potrča, pa se klizao, posrtao, preturao, opet se podizao i trčao. I sve tako do onoga stana na Dunavu. Tada jurnu unutra, žurno zasede za sto i onako smrzlih prstiju, modar, ispijen, iskrivljen, pobesneo stade pisati. Pa je pisao, popravljao, cepao, dizao se, šetao po sobi tamo-amo čas lakše čas brže, skoro trčeći, opet sedao i ponovo započinjao. A pod sobe beleo se od sitno iseckane hartije po kojoj je on gazio, pljuvao, trljao, smejući se, priviđajući, plašeći se.

Najednom se grozno trgao i zadrhtao. Neko je kucao na njegova vrata. Babin Vladislav zvao ga je na večeru; Badnji je dan: da bude njihov gost. On se jedva podiže i pođe pokorno za studentom. U tesnoj sobici, na podu, večera je bila spremna: med, orasi, smokve, bombone, sardine, masline. U situ je bilo žita. Na stolu je drhtala mala lojana svećica. Jedan kraj badnjaka štrčao je iz peći. Pozvaše ga da džarne, celiva ga i izgovori neke reči. On to učini poslušno, osuđenički, tajanstveno. Onda svi troje posedaše oko sofre i otpočeše jesti. I Jurišić, očajnički, sa licem svirepo-osvetničkim, gutao je, gušio se, proždirao zverski. Krcao je zubima orase, i onako iskrivljen bio je ružan, neobičan, strašan.

Ali iznenada, zverajući, baba se žurno i značajno stala obazirati oko sebe i tražiti nešto po zidu.

Onda najedanput:

— Sinko, snago moja, tvoje senke nema! — reče ona.

— Šta? Šta? — izbuljenih očiju, izbezumljen pitao je Jurišić.

— Nema tvoje senke. Eto, gledaj sam, nema nigde tvoje senke, nigde...

— Što? Kako?

— Rđav je znak, kažu. Čije nema ne ogodini, ne sastavi godinu.

On se ukoči, naježi, zguri, pa dreknu:

— Gde je moja senka? Gde je moja senka?

— Sinko! Sinko!

— Veštico! Gde je moja senka?

— Besmislica! Glupost — umirivao ga Vladislav.

— Nije, nije! Traži! Gde je moja senka? Ded! Gde je moja senka? Brzo, brzo! Brzo!

Pa izbezumljen, pomahnitao ustremi se, poleti, surva, sčepa i svom snagom steže gušu starice koja je krvavo krkljala. A kad je pusti jurnu u svoju sobu i zaključa se. Onda stade nasred sobe, zakašlja se grozno, zacereka i reče:

— Ja sam srušio svu mudrost mudrih. Ja sam suma sviju pojava kretanja...

Ponoć je davno bila prošla kad se Jurišić digao sa stola za kojim je nekoliko časova zaneseno pisao. Smrtno bled disao je kao u ropcu, krivio ustima, tresao glavom, kašljao i drhtao celim telom. Idući tamo-amo preko sobe osluškivao je: „Gle", mislio je, „ne čuje se škripanje patosa. Pst! Ne čuje se. Jedan... dva, jedan... dva. Ne čuje se; ne ugiba se. Nekad, znam, on se ugibao pod mojim nogama. Dakle: ja ne postojim. Znači: ja sam svoja senka. Pst! Moj hrskavičavi, koštunjavi kostur, kičmeni stub, lobanja, cevanice — sve je iščezlo. Zubi? Gde su moji zubi? Kosa?... Evo ovde iz svih mojih rana lipti krv. Gle, šta je krvi, bože moj!? Sav sam od krvi i truleža. Eno onde, baš onde promaknu senka: to je bela smrt. Eno je! Drž'! Drž'! Tu je. Tu je moja smrt. I ja starim, evo osećam svakog sekunda da starim: sad mi je pedeset, sad šezdeset, sad sto, sad hiljadu, sad dve hiljade godina! Jaoj! Eno strče moje mrtve noge do kolena: voze me u jednom divnom rimskom šaru sa dva točka od cveća. Neki truli, smradni i slinavi redovi promiču kraj mene;

sve trulo i sve sami mlazevi, sline. Ljigavi, puni sluzi puževi puze po meni i miševi se vitlaju, češu, jure oko mene i preko mene. Puna mi glava mravi.

„I prolazimo kroz trijumfalne kapije. Kako su veličanstvene ove trijumfalne kapije kroz koje prolaze klateći se moje mrtve noge do kolena u rimskim dvokolicama prepunim cveća! Pst! Kukavica kuka. Gde je moja senka? Gle pobeže u bezdan vremena, kao u muziku pobeže moja senka. Muzika! Kao neka bića koja sve znaju, sve osećaju. To moj voz hukće, juri kroz crnu tamninu noći. I puno magle, same magle i varnica. Varnica!?... Milion, milijarda, trilion, pune mi vene i oči i mozak i krv, sve same crvene varnice, varnice, varnice! Crvene varnice zdravo! Haj, zdravo crvene varnice!”

I najedanput, onako go, razbarušen, i užasan Jurišić, kome kroz glavu munjevito sinu onaj vrtoglavi poziv crvenog plakata na novoj građevini, otključa vrata i pojuri na ulicu.

Na divnom nebu veselo i ljupko igrale su zvezde milu igru Hristovog dana. Grančice su puškarale, i pod nogama nekog prolaznika cičao je sneg glasom najradosnije ptice. On odlučno zaustavi onog čoveka:

— Gospodine — reče on — kakva je to slučajnost: da na zemlji ima isto toliko ljudi koliko na nebu zvezda? Ajd', odgovorite mi!

Onaj čovek pobeže užasnut.

— Gospodine — vikao je on za njim — gospodine, ja tražim službu. Ja se ubih cele noći tražeći službu. Dajte mi službu, gospodine. Dajte mi smesta službu. Kako to? Vi hoćete moju svedodžbu. Zašto svi zahtevate moju svedodžbu? E pa lepo, moja svedodžba evo je: nišanim odlično, evo ovako;

cenim odstojanje još bolje, evo ovako; onda punim, komandujem, palim, bodem, sečem, ubijam, ubijam, ubijam. Ko ste vi ja ne znam, a ja sam, ja sam... rat.

Na prvoj raskrsnici sukobi se s gomilom ljudi, koji se, veselo i pijano uzvikujući, taman spremahu da raziđu.

On im priđe, pa dostojanstveno i važno napravi široki pokret rukom i viknu:

— Gospodo moja!

Iznenađeni, ljudi se brzo pribraše pa bezumno burno zapljeskaše rukama:

— Čujmo, čujmo, čujmo!

— Gospodo moja, u dalekim vremenima tamo, kad srećno čovečanstvo bude dostiglo krajnju granicu svoje slave i veličine, onu veličanstvenu metu sa koje...

U neviđenom delirijumu radosti pijana gomila burno vrišteći zagluši ga.

— ...Ceo sistem čovečanskog života... u božanskoj energiji karaktera... posvetiti se čovečanstvu... a ljubav prema ovoj grudi, ljubav prema ovom velikom grobu domovine...

Ali nova, mahnita, bezumna, luda eksplozija radosti uguši poslednje njegove reči.

— Živeo, živeo, živeo!

Onda svi pojuriše, pa šašavo kidisaše na njega i opkoliše ga. Tada sav zadihan, zviždući u pištaljku, jedan pozornik zavitla se usred one gomile i snažno sčepa Jurišića. Za njim, kao bez duše, doleti još jedan u pomoć.

U tom trenutku sa crkava je zvonilo jutrenje i sve brže, bliže i jasnije, sa svih strana, učestani pucnji oglasiše Božić. Pozornici zaustaviše jedan fijaker pa nemilosrdno povukoše

Jurišića, koji se ludački otimao. Ali najednom, duboko u meso njegove gole i smrzle ruke zariše se oštri, crni i zverski nečiji nokti i prosuše krv po snegu. On pogleda u ruku, ugleda krv, pa se zguri, zgrči, iskrivi i zaurla:

— U akciju, u akciju, u akciju!

I sve se u kalamburu neke krvave magle zbrka oko njega.

Onda, u crnom okviru kola, iza zamagljenog stakla, iščeze njegova bela silueta.

I dok su kola munjevito klizala po smrzlom snegu, sve se još čarobno blistalo na zracima mesečine.

Na pisaćem stolu, u sobi Jurišićevog stana na Dunavu, policija, sutradan, našla je ovaj njegov rukopis:

„Opet me spopao strah, crn, zloslut i bezuman, i sve prednje listove pokidao sam jer sam lagao. Bojim se; uvek sam u mračnom strahovanju... Izdala su me sasvim moja umna krila i ja padam, survavam se, neizbežno, jaoj nepovratno padam... Svet je ovaj pun neke čudne zabune pa ipak nekoga reda. Eto nema pomoći, nema izlaza, nema spasenja van smrti... Ostao sam sasvim bez osećanja jave. Sa istom nevericom stojim danju pred senzacijama stvarnosti, kao što noću stojim pred pojavama sna. I uvek pomamno, u neprekidnoj groznici sna tražim onu razliku uvek nerealnih stanja i mutnih i jezivih slika što se noću i danju avetno vitlaju oko mene. I noću i danju samo utvare. Ne znam i ne umem jasno da se pitam, ali slutim da postepeno i sigurno gubim osećanje jave.

„Trenutno, sedeći ovako, sanjam strašne slike i probuđen, evo, stojim stalno pred nekom mračnom opasnošću od koje ne mogu da umaknem. Okovan sam i na danu su mi užasne vizije i mračnije i mučnije.

„Uvek sam čudno svestan kad sanjam i znam da sanjam.

Usred onih predstava oko mene stojim, kao cinik, sumnjam, ne verujem. Ne verujem!

„A posle, kad mislim da sam probuđen, ponovo sam nesiguran u ono što vidim oko sebe budan. Ja ne znam sigurno jesam li budan, jer san se nastavlja i kad oči krvave otvorim. I ja se uvek bojim i neiskazano više bojim se sna otvorenih očiju... Kad sam bio mlad i mali osećao sam neopisano slatko radost iza strašnoga sna. Gone me tako, a ja bežim panično, bežim i gušim se u nemoći, saplićem olovne noge i padam, pa se najednom probudim i ceptim i drhtim. A posle — sunce, pa čudni neki elan srca, pa nada i blaga lica oko mene i ptice i radost zavlada bezumna. Jest, zaista, java je onda bila raj, a sad, evo, užasniji san sanjam otvorenih očiju.

„Opet ih otvaram, a maločas snevam moju kuću svu u plamenu. Crveni jezici ližu, sikću, vitlaju i plamte visoko, a ja znam da moja kuća gori. Ja sumnjam. Ali ulazim unutra da iz žara otmem svoje drage uspomene. I usred sobe svoje vidim vešala spremljena za mene. I smejem se. Boga mi, sumnjam i ne verujem. Ne verujem! Znam ja da sanjam. Otkud ja znam da sanjam?

„A posle dobro otvaram oči i prozor i gledam u noć. Ali, gle, crveni plamenovi ližu do zvezda, zaista ližu čak do zvezda, i svuda dokle mogu da dogledam samo požar i beskrajna kolona vešala. Ja gledam u zvezde i plačem i one plaču i ne znam kad je, poslednju oterao dan. I ne znam je li to zora zaista!

„Bojim se, uvek se bolno i krvavo bojim; i hteo bih da bdim nekako, a uvek sanjam...

„I pre je za mene vladao mrak. Ali, u dubokom mraku,

ponekad, sevala je munja. Sad je nastao neprekidan, potpun, crn mrak.

„U blesku one munje sticao sam čudnu veru u sebe. Surovo sam odricao zakon, odbacivao Tvorca, i svemoćan voleo sam život i verovao u sreću... O kako je bedno kratko trajala „smrt boga", kako sam se brzo kao Faeton našao u svome Eridanu i zakukao: O dođi u pomoć, u pomoć dođi mome neverovanju!... Jest, podigavši me bacio si me, Bože! Sad je neprekidan, crn mrak i opkoljen ponovo misterijom i čudom klečim, evo, poslušno pred neumoljivom vlašću Tradicije, koja je sjajno izdržala snažne udarce moga znanja. O jadan li sam, sav opet u teškim lancima Tradicije! O tu li si opet stara moja plemenita i dobra dojiljo Tradicijo?!

„Moga znanja? Moga jadnoga znanja. Ponekad, istina, dok se uzburkana duša gušila u neizvesnosti i sumnji, ono je vodilo očajnu borbu umirenja i zadavalo žestoke udarce mome naslednom strahu. Kao bezumna begala su misteriozna čudovišta, a ja sam se smejao gledajući onu užasnu trku ispred svetlosti. Ali sam brzo klonuo jer, evo, sad je čovek taj što me baca u strašni ad straha, koristeći moju prirodnu slabost u društvenom interesu. I sad ne znam: koje li je čudovište jezivije: onaj nasledni strah ili ovaj stečeni... Ali bdite, svi budite budni, osećam, bogami, ljudi, blizu nam je kraj.

„Ja gledam u zvezde i gorko plačem s njima i ne sećam se kad ono poslednju otera dan. I ne znam da li je dan zaista.

„Gle, ja ne vidim ni krvi u obrazima ljudi. Kao iza maglovitog stakla, blede i beskrvne, proleću maske mimo mene, a ruka, najboljega moga druga ruka, kao ledene ručice gvozdenih vrata, smrzla je i mrtva. Kao suvu slamu gladim kosu moje drage i grudi njene tvrde hladne su kao grudve snega. O nigde života! Pod mojim pokrivačem opružen leži moj leš pun crvi. Osećam sve više kako se tuli java. Osećam užasan san i haos svega i neizmernu dubinu najcrnjeg ponora. O kako bolno drhtim i kako se grozno bojim. O, jaoj meni, nigde života! I zemlje se najviše bojim, jer drhti isto kao ja, poigrava kao jagnje i tutnji poda mnom i sva se ustremljuje na mene. Bojim se, jer, eto, pred mojim preneraženim duhom ruši se i poslednja vera u sigurno.

„O zemljo, kao i nebo, tajno večna, je l' blizu doista tvoj kraj? Gledao sam te kad trijumfuješ, o kako bih rado video kako si velika kako si veličanstvena kad propadaš. Kao orlu vraćaj mi uvek mladost moju da doživim krajnji tvoj užasni dah života, izdisaj tvoj, poslednji tvoj ropac i pre nego vidim sve novo da čujem poslednju reč svih na svima mestima, u svima prilikama, onaj najposlednji trzaj i kidanje i krik i sve krajnje u užasnoj poslednjoj sekundi raspadanja kad nastaje mrtav mir i san crn i večan.

„I potpuno sam, kad umukne, i kad izumre i poslednji jezivi jauk zvona, da se zacerekam bezumno nad svim što je bilo: nad svima strastima, predrasudama, konfliktima, interesima, društvenim porecima i filozofijama, pa zaurlam divljim krikom kroz najcrnju tišinu večne smrti.

„Hteo bih, ali se bojim. O, kako se bojim, kako se grozno ludački bojim. O bojte se svi i bdite, svi budite budni, osećam, ljudi, blizu nam je kraj...”

...Oni, što su nedeljom ili praznicima pred podne, redovno posećivali i nosili razne ponude Aleksiju Jurišiću, pre njegove smrti u ludnici, pričali su: da je bio veoma miran, vrlo blag i krotak. Imao je, kažu, samo jednu, čudnu i stalnu, osobinu. Po ceo bogovetni dan rukovao bi se s ljudima, pušio ili pisao Nataši.

Dragiša Vasić, istaknuti srpski pravnik, književnik i publicista, rođen je 1885. godine u Gornjem Milanovcu.

Osnovnu školu i niže razrede gimnazije završio je u rodnom gradu. Više razrede gimnazije i Pravni fakultet završava u Beogradu. Diplomirao je u junu 1907. godine i odmah zatim otišao u Pešadijsku oficirsku školu na služenje vojnog roka. U ovoj beogradskoj školi godinu dana kasnije uspešno polaže ispit za rezervnog oficira.

Napredovanje u pravničkoj službi ubrzo prekidaju ratovi — u Prvi balkanski rat stupa kao rezervni oficir i učestvuje u Kumanovskoj, a u Drugom balkanskom ratu učestvuje u Bregalničkoj bici. Za zasluge u borbama odlikovan je Zlatnom medaljom za hrabrost.

Učestvuje i u Prvom svetskom ratu. Borio se na Ceru i položajima kod Šapca, u Kolubarskoj bici, sudelovao u odbrani Beograda, a zatim povlačio sa srpskom vojskom preko Albanije. Posle oporavka na Krfu, prebačen je na Solunski front.

Po završetku Velikog rata, na sopstveni zahtev oslobođen je vojne službe.

U periodu od maja do avgusta 1920. godine, glavni je

urednik liberalno-demokratskog lista „Progres". Zbog svojih opoziciono obojenih političkih članaka i komentara, ovaj list je vrlo brzo ugašen, a Dragiša Vasić po kazni poslat u planine na granici sa Albanijom da učestvuje u gušenju pobune albanskih plemena.

Pošto se zbog navedenog podrazumevalo da za njega više nema posla u državnoj službi, po povratku započinje advokatsku karijeru. Njegova kancelarija u Beogradu bila je jedna od najuglednijih u prestonici.

U februaru 1934. godine izabran je za dopisnog člana Srpske kraljevske akademije.

Sa Slobodanom Jovanovićem 1937. godine osniva Srpski kulturni klub, 1938. postaje član Upravnog odbora Srpske književne zadruge, a zatim i član njenog Književnog odbora. Srpski kulturni klub 1939. godine pokreće list „Srpski glas", a Dragiša Vasić je izabran za njegovog glavnog urednika. I ovaj list je, tokom svega sedam meseci svoga postojanja, više puta zabranjivan.

Posle kapitulacije, aprila 1941. godine, Dragiša Vasić na poziv Draže Mihailovića pristupa njegovom četničkom pokretu i postaje Dražin lični pomoćnik, savetnik za politička pitanja i zamenik. Početkom 1944. godine razilazi se sa Mihailovićem i pridružuje četnicima Pavla Đurišića.

Pogubljen je krajem avgusta 1945. godine. Njegova smrt obavijena je velom misterije. Većina izvora navodi da su ga zarobile, a zatim i ubile ustaše u koncentracionom logoru Nova Gradiška. Međutim, postoje i neki drugi izvori koji tvrde da su ga zarobili i streljali partizani u Banjaluci.

U martu 1945. godine, dok je još bio živ, Dragiša Vasić je

od strane komunista proglašen za „izdajnika naroda" i „ratnog zločinca". Sva imovina mu je konfiskovana i izbačen je iz kulturne baštine srpskoga naroda. Pod stavkom „obrazloženje zločina" upisano je da je bio učesnik nemačko-četničke konferencije u Beogradu, od 5. do 7. februara 1942. godine, „kada je ugovorena politička i vojna saradnja četnika sa Nemcima i zajednička akcija protiv partizana".

Sudsko veće Okružnog suda u Beogradu, rehabilitovalo je Dragišu Vasića decembra 2009. godine, utvrđivanjem da pomenuta konferencija nije ni održana, kao i da Vasić tokom okupacije nije dolazio u Beograd.


Roman *Crvene magle* jedini je roman Dragiše Vasića. Objavljen je 1922. godine. Obrađuje ratne teme, ali i složenost posleratne situacije. Njegovi glavni junaci u stalnoj su potrazi za smislom života, pronalaženjem sopstvenog izlaza i rešenja za okolnosti koje nisu u stanju da prevaziđu.

Dragiša Vasić
CRVENE MAGLE

London, 2022

Izdavač
Globland Books
27 Old Gloucester Street
London, WC1N 3AX
United Kingdom
www.globlandbooks.com
info@globlandbooks.com

Naslovna fotografija
Simon Berger
(https://unsplash.com/photos/scwaB99e-oQ)